Jonas

A Jornada da Alma de um Garoto

Fabio Appolinário

1ª. Edição – 2016 - 1ª. Edição Impressa – 2020

ISBN 97.985.764.56.901

CIP – CATALOGAÇÃO NA FONTE
CÂMARA BRASILEIRA DO LIVRO, SP, BRASIL

Appolinário, Fabio
Jonas: a jornada da alma de um garoto / Fabio Appolinário
– 1ª. Edição – São Paulo: IPPC Books, 2016.

1. Literatura infanto-juvenil.   I. Appolinário, Fabio.   II. Título

CDD-028.5
CDU-087.5

“Este é um livro para jovens de 9 a 99 anos

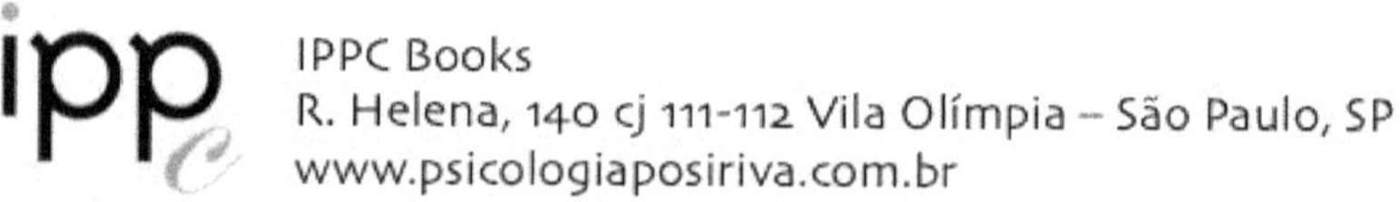

Grandes desbravadores fizeram sua fama às custas das tormentas e tempestades

Epicuro de Samos (ci. 341-270 a.C.)

1

Quando abri os olhos a primeira coisa que vi foi a mulher de verde. Ela era meio bizarra com suas luvas azul-escuras e a máscara branca escondendo a boca. Ela falava alguma coisa, mas eu estava muuuito chapado para entender direito. Fui desenchapando aos poucos. O que foi péssimo porque percebi que tinha um tubo enfiado na minha boca e que ia provavelmente até onde nenhum tubo jamais esteve...

Conforme fui raciocinando melhor, lembrei que estava num hospital. É lógico. Onde mais poderia ser? Minha mãe tinha me levado para lá porque eu não conseguia respirar direito. Não lembro de muito mais coisas. Só sei que acordei nessa situação.

Comecei a entender o que a mulher de verde dizia. "Vamos tirar isso num minuto, Jones. Seu nome é Jones, não é?" Como se eu pudesse responder, com uma tromba de elefante enfiada na minha garganta. De repente tive aquela sensação de quem vai vomitar. Fiz quase um "uhg", mas acho que saiu só mesmo um chiado. Só aí percebi que tinha outra pessoa segurando minha cabeça na posição de olhar para a frente. Dois contra um – é marmelada. "Agora eu quero que você fique bem calminho porque nós vamos fazer a extubação".

Que diabos ela queria dizer com isso? Como você reagiria se alguém lhe pedisse para ficar calmo porque iriam fazer uma *extubação* em você? O que seria um ex-tubo? Antes era um tubo e agora era o que? Pior que isso era que não dava para falar nada. Nem que meu nome não era Jones coisa nenhuma. Aliás o pior mesmo era a sensação crescente de que iria acontecer algo ruim – senão a mulher de verde não pediria para eu ficar calmo. Sabe qual a melhor maneira de deixar alguém nervoso? É fácil. Diga: "quero que você fique calmo, mas..."

Como eu suspeitava, a coisa ia ficar mesmo ruim. Percebi que tinha umas placas apertando as minhas bochechas, tipo umas borrachas que se amarravam por trás, na minha nuca. A cama estava meio levantada, então eu pude ver os meus pés e umas grades laterais, como aqueles cercadinhos para bebês. Ou berços. É isso. Tinha outra pessoa do lado direito da cama, mas eu não podia mexer a cabeça para ver. Só via outro par de luvas azul-escuras. Aliás eu não podia mexer a cabeça justamente porque esse outro par de luvas segurava o topo da minha cabeça com força, além do que eu também estava me sentindo muito fraco.

A cama se levantou mais um pouco. Então a mulher de verde começou a mexer em um pequeno tubo, que percebi que também estava enfiado na minha boca. A bagaça tinha uma tampinha, que ela fechou. Então começou a dar um desespero. Como mudou o ângulo da cama, comecei meio que ter a sensação do tubo na garganta – pior que isso, no peito. Aí bateu o desespero. A mulher falou: "Fica tranquilo que já vai acabar já. Mais um pouquinho e você vai ficar livre disso". Mas não adiantou muito. Lágrimas. Que merda. Dá desespero só de lembrar disso.

Sabe quando você vai na montanha-russa e tem aquela calmaria toda da fila e aí vem a hora de entrar no carrinho? O bicho começa a andar, mas ainda está tudo bem porque estamos subindo devagarinho... Então vem aquela hora que a gente chega no topo e você percebe que dali a um instante o carrinho vai cair trilho abaixo e você pensa: "Por que catso eu vim aqui?". Tá legal. Sou meio covarde para essas coisas. Mas você já deve ter sentido isso naquele exato segundo em que: a) você não pode sair do carrinho, nem voltar atrás; e b) o negócio vai despencar com você dentro... A diferença é que, no parque de diversões, você *escolheu* ir à montanha-russa. Ninguém te obrigou. (Claro, poderiam ter te zoado se não fosse, mas isso não vem ao caso.)

Pois é. O ponto é que a mulher de verde começou a chuchar um outro araminho que estava dentro de um plástico que se ligava ao tubo e, cada vez que ela fazia isso se ouvia um barulho de gorgolejo saindo do meu peito e aí eu sentia o reflexo de vômito (mas não vomitava – era só o reflexo). "Já está saindo. Você está indo superbem". E eu pensava: "Meu Deus, eu vou morrer e essa vaca verde diz que estou indo bem". É sério. Nunca tive tanto medo na minha vida. Mais lágrimas.

A mulher de verde soltou as borrachas das minhas bochechas e uma mão azul enfiou outro tubo na lateral da minha boca. Mas era apenas um daqueles tubos de sucção, que o dentista usa para secar sua saliva enquanto se diverte observando o seu sofrimento. "Mais um pouquinho só, Junis. Como você é corajoso". O outro par de mãos, que segurava meu queixo e minha testa, cada vez que eu fazia que ia vomitar, me apertava ainda mais. Você deve estar se perguntando: por que tantos detalhes? Porque eu tenho que contar. Não faz sentido passar por tudo isso e não poder contar em detalhes. É terapêutico.

Enfim, depois de uma eternidade, o tubo saiu da minha boca junto com um monte de baba e eu pude finalmente falar: "Pfffffhh". Babado, suado, chorado e sem forças. Eu me sentia como um bife depois de ser martelado. Como o sapo depois dos experimentos da aula de laboratório. Arregaçado. Lixo. Bom, acho que já deu para você entender. Definitivamente, não foi um de meus melhores dias. Mas foi o primeiro dia acordado no Santa Clara – vim a saber depois que já estava sedado há dois dias na UTI pediátrica. Pediátrica? É. A UTI pediátrica serve para crianças de até, no máximo treze anos. Eu tenho catorze – quase quinze (faltam apenas onze meses e meio). Bom, me disseram que a diferença para a UTI de adultos é que nessa tem bichinhos coloridos pintados nas janelas.

Sou um pouco baixo para a minha idade. E um pouco mais franzino também. Deve ser por isso que confundiram as bolas e me mandaram para a UTI errada... Mas pelo menos têm bichinhos nas janelas. E as pessoas são muito atenciosas. Nunca mais vi a mulher de verde – fiquei com peso na consciência de tê-la xingado, mesmo que só na minha cabeça. É claro que na ocasião não dava para ficar explicando muito – descobri depois que sedam e deixam as pessoas ENtubadas mas que, chega uma hora, elas têm que ser EXtubadas (entendeu?). E aí isso tem que ser feito com elas acordadas. Por que? Puro sadismo, eu suponho. Com tanta tecnologia...

Bom, ao todo, fiquei quatro dias na UTI. Dois dias desacordado e dois dias acordado. A UTI é um problema porque não tem televisão nem nada, NADA para fazer. A não ser prestar atenção nos ruídos. Bips, cliques, pings e muitos Darth Vaders respirando. Não dá para vê-los, porque tem cortinas separando as camas (leitos, como as enfermeiras dizem...). Apesar da maioria ali estar sedada, não é muito silencioso por causa do pessoal do hospital. É meio que uma fábrica: todos têm muito o que fazer o tempo inteiro, andando para lá e para cá, apertando botões, escrevendo em pranchetas e mexendo nas rodinhas dos caninhos que levam soro e medicamentos até a sua veia.

Eu nunca estive internado antes, então, todas essas novidades ajudam a manter sua mente ocupada. No quarto dia até já dava para me sentar na cama e conversar com as pessoas sem parecer que tinha corrido uma maratona. Como é bom respirar. Já pensou nisso? É estranho como só quem não respira direito percebe como é bom respirar. Quer dizer, respirar gostoso, mesmo que com a máscara de oxigênio. Ok, você não sabe o que é respirar gostoso, mas acredite em mim: é como comer pudim de leite condensado quando se está com fome de doce, lá pelas quatro da tarde...

No final do meu primeiro dia acordado, meus pais puderam entrar. Dizendo assim dá a impressão de que eles formam um casal mas, na verdade, eles são separados e eu moro com a minha mãe, o marido dela e o filho do marido dela. Minha mãe é mesmo inacreditável: apareceu toda maquiada, penteada e super-apresentável como sempre. Meu pai, por outro lado, já estava um bagaço: descabelado, barba por fazer e a roupa amassada como de quem dormiu no saguão do hospital. "E aí garoto?" ele disse, segurando a minha mão que estava sem a agulha do soro. "Meu querido", diz ela com seus grandes olhos castanhos, mas ficando longe do meu pai, com as mãos apoiadas nos pés da cama. É sempre assim: ficam um na presença do outro ignorando-se mutuamente. Principalmente a minha mãe. Mas calma lá, já vou explicar tudo isso.

2

Meu nome é Jonas Vento. Nem Jones, nem Junis. Apenas Jonas Vento. E antes que você queira fazer alguma piada sem graça, permita-me poupá-lo: já ouvi todo tipo de palhaçada desde a segunda série. Sabe como é, de "cabeça-de-vento" até "jonas-brisa-fresca". É sério: isso me trouxe muitos problemas. Mas na verdade trata-se de um respeitável sobrenome italiano. Pelo que me contaram, os meus bisavós são de uma cidade chamada Torino, na Itália, que aqui no Brasil o pessoal conhece como Turim. Pelo menos é o que o meu pai diz, porque o nome veio dele. Falando em nomes, acho que com meu pai a coisa é pior ainda, porque o dele parece de mulher: Andrea. Já imaginaram como ele devia ser zoado na época de escola? "Andrea Vento", fala sério...

Mas atenção, isso não é tudo. Sabe qual a profissão do meu pai? Pode acreditar que é meteorologista. É. Evidente que não conto isso para qualquer um, mas é óbvio que deu merda quando fui obrigado a ler em voz alta a redação sobre a profissão dele na quinta-série. Obrigado Dona Quitéria. Te devo essa. Meses de azaração, mas tudo bem.

Na verdade, ele não é desses caras que aparecem na TV dando a previsão do tempo. É mais um pesquisador, tipo, cientista ou professor na universidade. Trabalha com modelos computacionais climatológicos – o que quer que isso signifique exatamente... É um cara legal. Desligado. Não. A palavra é desencanado. Ah, não sei. Acho que é meio desligado mesmo. Dá para ver pelo carro: um corolla que já está fazendo hora extra, com amassados por todos os lados. Acho que nunca foi lavado, mas também, para que lavar carro batido?

Mas é sério: o carro do meu pai é uma zona mesmo. Tem livros, papéis, sacos de batatinhas de três meses atrás, canetas e marca-textos perdidos – é um verdadeiro buraco-negro que arrasta todo tipo de tranqueira para lá. Uma vez perdi meu estojo da escola e só fui achar umas duas semanas depois. Não que o apartamento dele seja muito melhor. Desde que ele se mudou, há uns três anos, quando separou da minha mãe, ainda é possível encontrar caixas e mais caixas lacradas com sabe-se-lá o que dentro. Provavelmente livros, trabalhos de alunos, o celular dele que se encontra desaparecido desde aquela época...

De vez em quando (mas muuuito de vez em quando), durmo lá. Apesar de toda a zona, eu adoro: ninguém me incomoda e posso fazer longos passeios pelas ruas ou passar um bom tempo lendo ou jogando x-box ou comendo porcarias enquanto assisto TV. Já fui à universidade algumas vezes, e tem um cara que trabalha com o meu pai que é simplesmente hilário. O MC (não pergunte o que significa isso porque ele não conta para ninguém) é uma espécie de gênio da matemática e, apesar de ter uns vinte e poucos anos, tem o comportamento de um garoto hiperativo de onze. Uma vez fizemos uma aposta para ver quem conseguia enfiar mais palitinhos de Stiksy nas narinas. Infelizmente ele levou essa, pois tive um ataque de espirros depois do décimo oitavo palito. Considerando a sujeira que fizemos nos teclados dos computadores do instituto, meu pai foi até compreensivo:

"Qual de vocês dois tem treze anos"? perguntou ele.

"Desculpe Dr. Vento, o pirralho me desafiou e teve o que merecia...".

"E eu tenho catorze anos, caso tenha esquecido".

"*Cumulonimbus incus*! Tenho um filho de catorze que parece oito e um doutorando de vinte e seis que parece catorze. Limpem essa bagunça."

Acho que nunca conseguiria ser pesquisador. Me interesso por biologia, história e geografia. Detesto matemática, línguas e, acima de tudo, educação física. Claro, por causa da minha doença, geralmente sou dispensado. Mas, mesmo que fizesse sei que detestaria correr feito retardado ao redor da quadra ou correr atrás de uma bola - qualquer tipo de bola: vôlei, futebol, tênis. Talvez no kinect. Não, nem mesmo no kinect. Dá para encarar boxe ou esqui. Mas melhor mesmo é Halo ou Assassin's Creed. Qualquer um que dê para ficar sentado só mandando bala no controle.

Isso me leva a um ponto importante. Mencionei que tenho uma doença chamada fibrose cística? Não? Bem, é por isso que fui internado no Santa Clara. Até pouquíssimo tempo eu pensava que a fibrose cística (*FC*, para os íntimos) era apenas uma doença tipo asma ou bronquite. Uma porcaria de condição que te impede de respirar direito. Por isso sou dispensado das aulas de educação física. Veja bem, tenho que fazer exercícios, mas moderados. Não posso me misturar com os outros alunos e fazer, digamos, atividades intensas. Tem que ir maneiro. Na boa. Tipo caminhar, fazer umas paradas fisioterápicas e coisas assim.

De maneira geral isso nunca me afetou muito. Está certo, por causa da FC eu não sou tão alto quanto deveria ser (nem tão forte, mas, acho que já falei disso.) De vez em quando tenho uns ataques de tosse e um pouco de falta de ar. Talvez um pouco de secreção - o que me rendeu o apelido de abacate-podre na sexta-série. Isso porque algumas vezes (na verdade, muito poucas), meu catarro é verde-abacate e tem cheiro de podre. É claro que tento ser discreto quando tenho que botar os bofes para fora. Mas nem sempre dá para evitar que alguém perceba - principalmente no Colégio Diógenes, a escola onde estudo (ou cumpro pena, não tenho muita certeza...)

Mas essa rotina foi até quarta-feira. No dia em que fui internado.

3

Caio Kalstian Junior. A besta apocalíptica. A criatura mais intolerável, ignorante e malévola da face da Terra. Infelizmente também, filho do marido da minha mãe. O que faz dele... Não sei. Acho que apenas uma besta apocalíptica mesmo. Ele me detesta desde que nos mudamos para o palacete de mármore, que é como eu chamo aquela casa. Gelada, asséptica, impessoal. A casa do pai dele. A minha mãe realmente teve o dom de "escolher à dedo" com quem se casar. Bom, para falar a verdade, nem tenho grandes coisas contra o Sr. Kalstian. Mal o vejo. Mas me lembro bem da calorosa recepção que tive, há três anos, do filho dele:

"Presta atenção, seu cretino" ele começou. "Este é o meu quarto e você não deve chegar perto dele. Aliás, fique fora da minha vista; não quero sentir nem o seu cheiro por aqui."

O desgraçado me pegou pela orelha, torcendo-a feito parafuso e ainda cochichou: "Vou fazer da sua vida um inferno e acabar com a sua raça se mexer em alguma coisa minha, entendeu?"

Na época eu tinha onze e ele tinha quinze. Desde então evito ao máximo chegar perto da criatura. Felizmente a casa grande e o quarto dele é uma suíte que fica no terceiro andar enquanto o meu fica no segundo, do lado oposto da casa: não precisamos subir nem mesmo pela mesma escada. Não frequentamos a mesma escola e faço o possível para evitar situações familiares - o que não é muito difícil porque o Sr. Kalstian é dono de um escritório de arquitetura e passa praticamente o tempo todo fora, na empresa ou viajando a trabalho. Minha mãe é arquiteta e também trabalha com ele. Já tentei conversar com ela sobre isso...

"Mãe, posso falar com você um minuto?"

"É claro, querido. O que foi?"

"Estou tendo uns problemas com o Caio"

"Não tenho tempo para isso, Jonas. Seja diplomático e resolva suas diferenças dialogando com ele"

Como é? Dialogar com o demônio? Será que ela pensa que o Caio é uma pessoa normal, com a qual dá para conversar? Estava pensando mais em contratar um padre para uma sessão de exorcismo. Buffy, a caça-vampiros ou o Hellboy que "conversassem" com o Caio. Depois de meia dúzia de tentativas ao longo do primeiro mês de convivência, acabei desistindo. Me isolei no meu quarto. Mas de vez em quando, não tinha jeito, cruzava com ele. Certa vez, na cozinha ele me pegou pelo pescoço quando eu estava distraído e não tinha ninguém mais por ali:

"Não falei para você não ficar zanzando por aí na *minha* casa"?

"Grhumpf", tentei falar mas não saia nada da minha traqueia alicatada.

Embora fosse bem menor que ele, dei-lhe uma cotovelada no nariz e consegui escapar correndo. No dia seguinte, o maldito me esperou escondido na saída do banheiro e me socou o estômago com gosto. Vomitei até as tripas.

"Se contar para a sua mãe ou para qualquer outra pessoa, da próxima vez arranco seus dentes um por um com um alicate. Entendeu, saco de vômito?".

E esta é minha relação com Caio Jr., a besta apocalíptica. Terna, afetuosa e repleta de cavalheirismo. Nesses três anos de guerra eu estou sempre na defensiva, olhando para os lados e me esquivando de uma catástrofe maior. Sou covarde, dirá você? Prefiro pensar em mim como um estrategista que busca a vitória sem o conflito (é, li no Sun Tzu que encontrei no apartamento do meu pai).

Mas a guerra pode ser mesmo cruel. Na quarta-feira, dia da minha internação recebi o seguinte e-mail:

De: m4z@gmail.com

Para: jonas@planetmail.net

Assunto: Darwin te fodeu

Jonas, achei que isso ia te interessar. Tirei do site da Associação de Portadores de Fibrose Cística - APFC:

A **Fibrose Cística**, também conhecida como Mucoviscidose, é uma doença genética autossômica (não ligada ao cromossomo x) recessiva (são necessárias mutações nos dois cromossomos do par afetado para que ocorra a manifestação da doença), causada por um distúrbio nas secreções de algumas glândulas, nomeadamente as glândulas exócrinas (glândulas produtoras de muco).

Prognóstico: As estatísticas apontam que <u>**dificilmente os portadores de fibrose cística sobrevivem além dos 30 anos de idade.**</u> Apesar dos diversos problemas, os portadores da FC geralmente conseguem frequentar a escola ou o trabalho até pouco tempo antes da morte. A terapia genética é muito promissora no que diz respeito ao tratamento dessa doença.

Não fique muito chateado, imbecil.   Chama-se seleção natural. m4z.

Não posso provar, mas tenho quase certeza absoluta que este e-mail veio do Caio Jr. E você pode achar incrível que, nessa época de internet e tudo o mais, eu nunca tenha procurado a fibrose cística no Google. Simplesmente eu conheço tudo o que precisava saber da fc ouvindo meus pais falarem sobre o assunto desde que me conheço por gente. Na hora não dei bola. Mas depois não aguentei e fui checar. Vocês não vão acreditar a quantidade de sites sobre a bagaça. Primeiro fui ver o significado exato de ***prognóstico***. Segundo a wikipédia: *"É a predição do médico de como a doença do paciente irá evoluir, e se há e quais são as chances de cura."* Merda. Era o que eu pensava que fosse.

Daí me concentrei naquele dado fatídico: *"dificilmente os portadores de fibrose cística sobrevivem além dos 30 anos de idade."* Merda ao quadrado. Catso ao cubo. Eu tenho uma doença incurável? Uma doença terminal???

4

Estou no meu terceiro dia acordado. Já estou respirando mais ou menos. Praticamente sem a máscara de oxigênio. Me disseram que, se der tudo certo, saio da UTI e vou para o quarto no começo da tarde. Graças a Deus: televisão. E comida um pouco mais normal, quem sabe... Pelo menos consegui ler um pouco. Meu livro predileto é o Fim da Infância, que já li umas quatro vezes. Mas é tão bom que provavelmente poderia ler umas trinta vezes ou mais. Conta a história de uns alienígenas que invadem a Terra mas que na verdade não querem nos destruir, mas sim nos ajudar a construir uma sociedade melhor. O interessante é que esses alienígenas, chamados de Senhores Supremos, nunca se revelam e muita gente começa a desconfiar dos seus reais objetivos. O fim do livro é absurdamente radical - no bom sentido. Não vou contar para não estragar a surpresa, caso você queira ler.

Cara, ler é muito bom. Mas isso não significa que eu seja um nerd ou geek ou qualquer coisa do tipo. Só gosto de ler; não gosto de estudar. Aliás, gosto até de estudar, desde que eu mesmo escolha o assunto. É isso: gosto de ler sobre o que me interessa, o que raramente coincide com o que os professores querem que a gente estude. Falando francamente, tem uns professores bons e outros insuportáveis. O ruim é quando a matéria é insuportável e o professor também. Por exemplo, assistir às aulas de espanhol da professora Angelita no Colégio Diógenes é mais ou menos como frequentar as aulas de Poções com o Prof. Snape, em Hogwarts.

Mas acho que estou divagando. Agora não consigo parar de pensar no que li naquele e-mail. Tem muitas coisas que eu não entendo. Primeiro, por que nunca me contaram a história toda sobre a fc? Segundo, por que um e-mail? Ninguém mais usa isso hoje em dia!

Pensando bem, é óbvio. Se o Caio postasse no Facebook daria para saber que foi ele. Só pode ser isso. Não posso nem me lembrar: logo depois que li a mensagem comecei a passar mal. Cresceu um bolo na minha garganta que desceu até o estômago, fez um passeio pelos intestinos e voltou para a garganta. Comecei a tossir e a cagar ao mesmo tempo. Fui piorando até ficar roxo. A bombinha que tenho guardada para essas emergências não resolveu picas. Vim para cá e é isso, o resto você já sabe...

Logo depois do almoço, aconteceu uma coisa estranha. Eu estava levantando um pouco a cama apertando os botões do controle remoto quando passou uma garota bem na frente da minha baia. Cabelos castanhos e longos, roupa maneira. Ao passar, virou o rosto e olhou diretamente para mim. Foi nessa hora que deixei cair o controle da cama no chão porque percebi que estava sem o lençol e vestido com aquela ridícula camisola sem nada por baixo. Sabe como é, depois de um tempo você até esquece e começa a não dar muita bola para a privacidade, principalmente porque a maioria das pessoas passa pela frente da sua baia e sequer olha para o lado.

Tentei me arrumar melhor, para parecer o menos ridículo possível. Tive a impressão de que ela ia dar um sorriso antes de sumir atrás das cortinas. A parada toda durou só uns dois segundos mas eu tive que por novamente a máscara de oxigênio por uns instantes. Ai pensei: ela deve estar visitando alguém e, para entrar aqui, tem que ser um parente bem próximo. Talvez o pai ou a mãe. Mas que idiota, é claro que não: isto é uma UTI pediátrica. Deve ser irmão ou irmã. Ou prima. Sei lá. Mas vai ter que passar de volta pois a UTI só tem uma entrada.

Eu sei que contando assim parece coisa de maluco, mas tente entender: aqui as horas não passam e cada alfinete que cai é um acontecimento. Então a visão da garota maneira foi um baita acontecimento. Janete, uma das enfermeiras da UTI, interrompeu meus pensamentos:

"Jonas, vamos começar a desligar isso tudo aí para transferir você para o quarto. O doutor já te liberou."

"Tá legal."

"Só vou deixar o soro, que vai com você, tá bom?"

"Sem problema."

Eu parecia o Frankestein Jr. com tanto fio ligado em mim. Mas não demorou muito e já estava na cadeira de rodas. Tentei olhar por todas as direções para ver se enxergava a garota de novo, mas aí apareceu um cara muito esquisito para me levar para o quarto.

"E ai *brother*. Na tudo na paz?"

"Tirando o fato que eu estou na UTI, o resto vai bem..."

"É, mas pensa bem, você está saindo dela e não entrando. Saca só: vou te dar um *tour* caprichado pelo Santa Clara."

"Tá."

"Meu nome é Gilberto. Giba para você."

"Você é enfermeiro?"

"Praticamente. Mais um ano e me formo. Por enquanto sou técnico em enfermagem. Aí vou arrepiar nesse hospital, tá ligado?"

E aí fomos nós por um longo e tortuoso caminho do prédio novo do hospital, aonde ficava a UTI pediátrica até a ala dos quartos, em outro prédio, bem mais antigo. O Giba comentou que o Santa Clara foi fundado em 1890 e desde então veio crescendo, com novos prédios e alas sendo construídos, cada um com um estilo arquitetônico diferente. Meu quarto fica no quarto andar do prédio mais antigo.

"Vou estar com você todos os dias no turno da tarde, exceto aos sábados, que é minha folga. De manhã quem vai estar com você é a Wanda e à noite não tem escala fixa, cada dia é uma pessoa diferente."

"Qualquer coisa que você precisar, é só apertar o botão branco da cabeceira da cama. Só toma cuidado com a namorada do Godzilla. Ela é..."

"Cuidado com quem?" Não deu para ele responder, porque chegamos ao quarto e meus pais estavam lá, arrumando as coisas.

5

Meu pai estava agora mais apresentável. Ele sentou na pontinha da cama, me olhando com aquela cara número 67, sabe, aquela do "tá-tudo-uma-merda-mas-vamos-fazer-cara-de-feliz"?

"Ah, bem, então, jo-jo, conversamos com o seu médico, o Dr. Bogert. Profissional muito competente. Descobri que é um dos melhores pneumologistas de São Paulo."

Meu pai, às vezes, me chama de jo-jo. Quando eu tinha um ano e alguma coisa me disseram que eu dizia 'jo-jo' quando ouvia meu próprio nome. Daí o apelido acabou pegando - ao menos para ele, porque a dona Myriam sempre me chama de Jonas. Para revidar, às vezes chamo ela de Myriam, no lugar de mãe.

"Que bom."

"Tem uns examezinhos que você tem que fazer e alguma fisioterapia também."

"Quanto tempo vou ficar aqui?"

"Bom, isso depende. Ele acredita que uns bons dias."

"E isso é quanto, exatamente?" disse, ajustando a posição do soro.

"Não dá para saber ao certo. Talvez mais uma semana. Um pouco mais, um pouco menos."

Cocei a testa. Dei uma respirada funda e perguntei: "Pai, tem uma coisa que eu queria saber. Sobre a fibrose cística..."

"Hum, sei. O que é que tem ela, jo-jo?"

Nesse instante minha mãe, que estava arrumando umas coisas no banheiro, chegou junto à cama, com uma camisola branca nova nas mãos. "A primeira coisa é tomar um bom banho. Você não toma um há quatro dias. Já está na hora não?"

"Como vou tomar banho com esse canudo espetado em mim e esse soro pendurado no cabide?"

"É fácil. Levo você até o banheiro. Lá tem um gancho para pendurar o seu soro no próprio box do chuveiro e você procura tomar banho com cuidado para não molhar o esparadrapo que cobre a agulha. Venha, eu te ajudo com tudo"

"Mãe! Eu entendi e posso tomar banho sozinho, obrigado."

É o fim da picada como as mães são sem noção. Me ajudar a tomar banho, essa é boa. Será que ela não percebeu que eu tenho catorze anos?

"Venha, eu te dou uma carona até lá e te ajudo com a camisola", disse o meu pai, sorrindo. Levantei e caminhei até o banheiro, com meu pai puxando o cabide do soro atrás de mim. Minhas pernas estavam um pouco bambas, mas logo se acostumaram ao exercício. O banheiro era bacana, amplo, bem iluminado. Quando fui tirar a camisola me enrolei todo porque ela é ao contrário das roupas normais: aberta atrás, com uns cordõezinhos de amarrar que, se não tomar cuidado, te deixam com a bunda de fora.

"Mas, o que você queria me perguntar?"

"Ah. Deixa para lá. Depois a gente conversa." De repente, perdi a vontade de falar no assunto.

Depois do banho fui de volta para a cama. Hora da inspeção de recursos: TV, o.k.; controle-remoto da TV, o.k.; controle da cama, o.k.; máscara de oxigênio, o.k., botão para chamar a enfermeira, o.k.; meus livros, o.k. Parece que está tudo certo.

"Querido, nesses dias em que você vai ficar aqui, nós vamos nos revezar. Todas as noites alguém dormirá aqui para te fazer companhia, no sofá do quarto. Hoje e amanhã fico eu e depois de amanhã, o seu pai", instruiu-me minha mãe.

A conversa é interrompida com uma batida seca na porta e antes que alguém falasse alguma coisa, uma japonesa baixinha, com cara de pouquíssimos amigos entra no quarto. Ela dá uma boa olhada em nós e diz: "Boa noite, sou a enfermeira-chefe Ryoko Otsuka. Supervisiono este andar e passarei todos os dias para dar uma olhada em você. Jonas, não é?"

Não pude responder. Só conseguia enxergar a horrível verruga preta que ela tinha logo acima da sobrancelha direita. Lembra daquele filme em que o Austin Powers não consegue parar de olhar para a verruga do outro agente secreto e ele, mal se controlando, fica repetindo 'verruga', 'verruga', 'verruga'? Pois é, neste momento estou com a mesma terrível compulsão.

"Boa noite sra. Otsuka. Sim, este é o Jonas. Meu nome é Andrea, e sou o pai dele e esta é Myriam, a mãe."

Gozado como meu pai disse isso ("esta é Myriam, a mãe"). Para mim soou como ("esta é Myriam, a mãe"). Percebeu? Não me diga que nunca teve aquela sensação de estranheza quando, às vezes, alguém diz algo que é familiar, mas que ao mesmo tempo não é familiar. Uma palavra que você já está cansado de ouvir mas que, de repente, adquire outro tom ou significado. Uma vez, na aula de inglês, a professora falou "*Do you have a pencil?*" e eu, que estava obviamente cansado de saber o significado de "*pencil*", fiquei paralisado por que a palavra soou tão diferente na minha mente que eu não sabia mais o que ela significava. Agora aconteceu de novo com uma frase inteira ("esta é Myriam, a mãe").

"e esta é Myriam, a mãe."

"É uma satisfação conhecê-los. Como sabem, nos orgulhamos das certificações internacionais de eficiência do Hospital Santa Clara e, para que as atividades clínicas e administrativas não sejam prejudicadas, gostaria de informá-los que somos bastante rígidos em relação às normas de visitação, estadia de acompanhantes e rotinas da internação."

"Deixarei este informativo com vocês, para que tomem conhecimento e observem as normas." A enfermeira fez uma pausa, olhou diretamente para mim e continuou: "Principalmente você, Jonas. Colabore comigo e garantiremos que sua estada seja breve e produtiva."

Estada breve e produtiva? Foi o discurso de boas-vindas de diretor de prisão mais ridículo de que me lembro. Tipo *prison break* ou *carandiru*. Desconfio que já sei quem é Mothra, a namorada do Godzilla.

6

Acordo com o barulho da enfermeira trocando o soro. São 6h30 da manhã e tenho que me preparar para o café, que vem pontualmente às 7h00. Torradas, geleia de pêssego, café com leite, uma pera e fortini de chocolate com granola. Nada mal. Sigo uma dieta hipercalórica desde que me lembro, mas não engordo. Tem gente que daria tudo para comer o que eu como e não engordar. Por mim, não faço questão. Às 8h30 aparece uma senhora simpática, perguntando o que vou querer para o almoço. "Como vou saber"? respondo a ela, "São oito e meia da manhã...". É uma tal Dra. Talita, nutricionista. Sua missão, segundo me diz, é garantir que eu não perca peso.

Tudo é culpa do pâncreas, sabe? As enzimas que o maldito produz deveriam ajudar a digerir os alimentos gordurosos, mas parece que ele não as libera para dentro do intestino, para cumprir sua função. É meio complicado explicar, mas o resultado disso vai afetar os pulmões porque acaba tendo um excesso de muco, o que complica a respiração. Bom, em resumo, é uma merda. Pelo menos é isso que dizia no site da tal associação de portadores que descobri no e-mail fatídico. Depois confirmei pela wikipédia.

E haja muco. Posso ouvir um ruído junto com a respiração. Parece que tem uma coruja soltando pum cada vez que inspiro. São 9h00. Finalmente conheço o tal Dr. Bogert.

"E como é que estamos hoje?"

Já reparou como os médicos costumam falar com você na segunda pessoa do plural? Tenho vontade de responder: "Você não sei, mas eu estou um lixo...". Mas sou educado.

"Eu estou bem e o senhor?"

"Muito bem. Jonas, a partir de hoje vamos entrar com a fisioterapia. Você tem que expectorar e deixar esses pulmões bem limpos para poder sair daqui."

Ok. Chega de blá-blá-blá. Vamos direto ao assunto. "Doutor, é verdade que a expectativa de vida das pessoas que têm essa doença é de, no máximo, trinta anos?" Não, não consigo perguntar isso para ele em voz alta. Minha mente divaga. Ele está falando alguma coisa, mas eu não consigo prestar muita atenção. "Fisioterapia blá-blá-blá capacidade pulmonar blá-blá exames blá-blá terapia com antibióticos blá-blá pseudomonas aeruginosa blá-blá-blá...".

São 9h55. Wanda, a técnica em enfermagem do turno da manhã vem me buscar para me levar para a primeira sessão de fisioterapia. Observo melhor o corredor comprido, que se alonga para as duas direções. Passamos em frente ao posto da enfermagem, de onde a Otsuka me olha como o olho vermelho de Sauron, espionando malevolamente a jornada de Frodo pelas terras de Mordor rumo à Montanha da Perdição. Entramos num elevador comprido e com duas portas. Wanda conversa qualquer coisa com outro técnico que empurra uma cadeira de rodas com um cara com a perna engessada, com um monte de exames no colo.

Sinto cheiro de pão de queijo. Passamos perto de uma lanchonete, e, depois de outro corredor comprido, chegamos à ala da fisioterapia. Wanda me deixa numa sala de espera, ao lado de outro garoto, certamente mais novo do que eu, também numa cadeira-de-rodas. Ele me parece familiar, mas, como sempre, não estou muito a fim de conversa. Mas, pelo jeito é inevitável. Aparentando certa dificuldade, ele me pergunta:

"E aí, é seu primeiro dia?"

"É", respondo. Pelo jeito que ele sibila quando respira, deve ter asma ou bronquite. Ou FC.

"Asma?" pergunto.

"Bronquite. Das bravas. Meu nome é Pedro e o seu?", ele responde.

"Jonas." Dou uma respirada mais funda e fico em silêncio.

"Sabe, o duro mesmo é a sessão da tarde." dispara ele. Eu prefiro o tênis ao beisebol e você? Tem sempre gente olhando pelo vidro: acompanhantes de outros pacientes, alunos de fisioterapia, é uma festa... Na semana que vem é meu aniversário, espero já estar fora daqui. Já viu a gelatina bicolor que servem na hora do almoço?"

Tênis, beisebol, gelatina? Do que esse cara está falando? Será que me trouxeram para a ala da psiquiatria? Já tinha visto muito hiperativo, mas nada que se comparasse ao Pedro. O cara parece ligado na tomada de 220.

"Espera um pouco. O que você quer dizer com tênis ou beisebol?"

"Ahn, desculpe. Esqueci que é seu primeiro dia. É que eles fazem a gente jogar Wii para melhorar a capacidade pulmonar. Quer dizer, não sei se vai ser o seu caso, mas normalmente jogamos por meia hora, cinco pacientes de cada vez, um do lado do outro. E eu prefiro tênis porque o beisebol é meio chato."

"Ah, saquei. Wii."

Graças a Deus, a porta de um dos consultórios se abre e por ela passa uma garota, de, sei lá, uns dezenove, vinte anos. Alta, cabelos castanhos claros amarrados em rabo-de-cavalo, um sorriso para lá de amigo. Pergunta se meu nome é Jonas. Me atrapalho para responder e sinto minhas bochechas arderem. Devo estar vermelho como uma cereja. Aí ela diz:

"Você consegue ir andando até a sala 3, Jonas?" Sua voz é doce como geleia de jabuticaba. "É claro que eu consigo", respondo. Ela desengancha o soro do suporte da cadeira-de-rodas e me dá o braço direito para apoiar. E lá vou eu para a primeira sessão de fisio, com um sorriso idiota nos lábios.

7

Tudo começa muito bem. O nome dela é dra. Denise. Não tem importância nenhuma o fato dela falar comigo como se eu fosse uma criança de oito anos de idade. Não consegui ainda formular nenhuma frase completa e inteligente nesses últimos cinco minutos. Ela desconecta o soro da minha mão, fechando a saída da agulha com uma tampinha. Olho todos os seus movimentos com interesse. Que elegância, que precisão, que suavidade... E ela cheira bem também: não entendo nada de perfumes, mas o dela me lembra uma mistura de brisa morna de verão com milk-shake de baunilha. Nosso primeiro exercício é fantástico: fico de costas numa espécie de maca baixinha, enquanto ela começa a dar delicados soquinhos com as mãos em concha nas minhas costas e, depois, nas laterais do peito. Suas mãos são sedosas e macias. A sensação é maravilhosa.

"Isso é para deslocar as secreções que estão aderidas nos seus pulmões", diz ela, romanticamente. Sabe quando você fica apaixonado pela professora nova de inglês? Não consegue prestar muita atenção no que diz na aula, apenas na delicadeza dos gestos, na voz, no olhar. Perde certo tempo admirando a letra dela nas correções que fez na sua prova. Dá aquele sorriso meio retardado quando ela passa de carteira em carteira para ver quem está fazendo os exercícios.

Fica até um pouco depois da aula para fazer aquela pergunta besta... Pois, é. Acho que estou ficando caído pela minha fisioterapeuta...

Mas a sensação de bem-estar cor-de-rosa vai sendo rapidamente substituída por uma vontade incontrolável de tossir. Tento segurar. Não dá. Aguento mais um pouco. Tento prender a respiração. Dou um sorriso amarelado. Me concentro em permanecer calmo. Não consigo. O catarro verde-abacate-com-cheiro-de-podre agora não!

"Isso mesmo Jonas. Vamos por isso para fora. Cuspa aqui nessa tijelinha"

"Érrgh Cof Cof Cof Arrrrrrr Cof Beeffffff..."

Ponho as tripas pela boca. Ela limpa um resto de baba que ficou pendurada pela lateral da boca e pelo queixo com um lencinho de papel. Sem querer, absolutamente fora do meu controle, solto um arroto final. Santa humilhação! Depois de uns minutos de recuperação, minha autoestima já está perigosamente prejudicada. Ela propõe um segundo exercício. Fico deitado de bruços enquanto ela comprime o meu tórax. Devo respirar, fazendo uma pressão contrária ao aperto nada suave que ela faz.

"Faça força, Jonas, vamos lá..." Não sei porque mas, de repente, a Dra. Denise começa a perder um pouco do seu encanto. Quinze minutos de intenso esforço. Estou exausto e suando bastante. Como prêmio, ela me dá uma espécie de cachimbo azul de presente.

"Isto aqui é um *shaker*", ela explica. "Dentro dele tem uma esfera de aço que você deve mover assoprando nesta ponta aqui. A esfera vai vibrar e transmitir essa vibração para o seu peito, descolando ainda mais o muco aderido ao tecido pulmonar", diz ela, com uma voz que agora começo a perceber como um tanto aguda, quase desagradável.

Assopro trinta vezes o maldito cachimbo azul. À essa altura, a esfera de aço deveria estar no teto. Tenho um novo acesso de tosse. Novos bofes, agora verde-amarelados, são postos para fora. São 10h33 no relógio de parede. Ela me olha com condescendência e me diz:

"Muito bem, Jonas. Mas precisa se esforçar mais. Te vejo às quatro para nossa próxima sessão!"

Odeio essa mulher. Fisioterapeuta uma ova. Formou-se mesmo foi em técnicas aplicadas de tortura na Gestapo. Criatura vil. Suas mãos malignas me ajudam a sentar de volta na cadeira-de-rodas e espero a Wanda vir me buscar. Só quero me deitar e descansar pelo resto da vida. O Pedro sai pela porta da sala 4, não aparentando estar tão acabado quanto eu. Parece que está até melhor do que quando entrou.

"Cara, você parece acabadão, hein...", ele diz, olhando-me com pena.

"É. Você não faz ideia...", respondo, com um sorriso para lá de forçado.

Depois de dez minutos a Wanda aparece e me leva de volta para o quarto, onde tiro um cochilo até a hora do almoço. Tenho um sonho muito, muito estranho: sou bem mais novo e estou brincando no escorregador da pré-escola. Era um escorregador vermelho que me parecia enorme na época. Lembro-me que adorava escorregar por ele e imediatamente sair correndo até outro brinquedo, o gira-gira, sentando nele mesmo em movimento e ir acelerando até a coisa quase levantar voo. Mas no sonho não aconteceu assim: ao invés de cair no gramado do final do escorregador, caio numa frigideira. É isso mesmo, uma frigideira preta gigante, revestida de teflon e untada com óleo. De repente estou pelado, nessa frigideira e fico escorregando por ela como um ovo na fritura. Estou sendo frito, mas não sinto calor nem nada. Só fico rodando na frigideira. Fico desesperado com a situação e acordo agitado. Demoro uns segundos para lembrar aonde estou e então olho para o lado, procurando o display do rádio-relógio na cabeceira.

É meio-dia. Enquanto tento atinar o que acabei de sonhar, entra uma funcionária com a bandeja do almoço. Estou completamente sem fome. Servem purê de batata, legumes cozidos, um pouco de arroz, uma gororoba marrom que não faço a menor ideia do que possa ser e, de sobremesa, um sorbet de açaí. Para beber, fortini de morango. Só consigo comer inteiro o sorbet.

Batidas na porta. É engraçado como ninguém espera você responder. Simplesmente batem e entram. Não sei por que não entram logo mesmo sem bater. Um careca de óculos, com uma ridícula barba ruiva e espetada, enfia a cabeça entre o batente e a porta.

"Olá. Você deve ser o Jonas, certo? Meu nome é
Norberto e sou do setor de psicologia do hospital.
Vim bater um papinho com você, se estiver a fim",
diz a cabeça falante.

8

Era só o que faltava. Senão vejamos, hoje já falei com uma nutricionista, um médico, uma fisiotorturadora e pelo menos duas enfermeiras ou sei lá o que. E ainda são 13h. Eles esgotam as pessoas nesse hospital. Mas tudo bem, vamos ver o que esse mané quer de mim.

"Pelo que li aqui no seu prontuário você saiu ontem da UTI, certo? Está gostando do quarto?"

"É ótimo."

"E... Vejamos, aqui também diz que você tem fibrose cística. Muita dificuldade para respirar?"

Não imbecil. Nenhuma dificuldade. Respiro que nem um elefante com três trombas. O que mais me irrita nas pessoas são as perguntas cretinas e o papo-furado.

"É, um pouco."

Interessante. Será que ele tinge essa barba?

"Bom, eu gostaria que você soubesse que estou aqui e que podemos conversar sobre o que você quiser".

"Tudo bem."

"Então, quer conversar sobre alguma coisa?"

Será que pagam ele para fazer isso?

"Bom... não, no momento não me ocorre nada."

"Sabe, às vezes estar internado pode parecer bastante assustador. Eu mesmo já fiquei uma vez e me deu muito medo. Tive que fazer uma pequena cirurgia quando tinha um pouco menos do que sua idade e me lembro bem como a experiência pode ser apavorante."

"Não estou com medo. Você fez uma cirurgia de que?"

"Adenoide. É uma espécie de pelezinha que cresce na faringe e que tive que tirar por causa das renites constantes", explicou ele. Faz uma pausa e vira as páginas da prancheta que segura nas mãos. "Estou vendo aqui que você está no 9o. ano. Como vai a escola?"

"Tudo bem."

"Hum. E em casa? Como é morar com a sua mãe?"

Céus. O que é isso? Um interrogatório policial ou a santa inquisição? Como esse cara conseguiu tanta informação sobre mim?

"Olha Dr. Norberto, em casa está tudo bem, na escola está tudo bem, aqui está tudo fantástico. Tirando as visões dos coelhos zumbis que me perseguem com uma faca ensanguentada e os sonhos em que sou frito numa frigideira gigante, eu me sinto ótimo."

"Ah certo... Como é que é?"

"Não sério, também não tem coelho zumbi. Só estou zoando com você."

"Eh, certo. Foi boa essa...", disse, fazendo umas anotações na prancheta. Ele deve estar ticando os indicadores de normalidade: escola, o.k.; vida em família, o.k.; senso de humor, mais que

o.k.; medo de estar internado: sob controle; sonhos estranhos: oopa.

"Sabe o que me lembra uma frigideira gigante?" disse Norberto, levantando e olhando pela janela do quarto.

"Humm... Não", respondi. "O que?"

"Uma vez eu estava voltando do cinema com a minha namorada e o letreiro de uma loja de utensílios domésticos praticamente caiu sobre nós. Teve um vendaval feio naquele dia. O letreiro era em forma de frigideira e o que seria o cabo acabou pegando a cabeça dela de raspão." Norberto fez uma pausa e depois continuou: "Ela limpou o sangue da cabeça e, horrorizada, olhou para mim e disse que nunca mais queria me ver. Eu tinha dezenove anos na época e acho que por isso fui fazer psicologia."

"Foi fazer psicologia porque caiu um letreiro de frigideira na cabeça da sua namorada?"

"É... bem, acho que isso contribuiu. Mas estamos aqui para falar de você certo?", disse, reposicionando-se na poltrona ao lado da cama. "Vamos fazer o seguinte: vou falar algumas palavras e você me responde com aquilo que primeiro lhe vier à cabeça, está bem?"

"Está bem."

"Ótimo."

"Você já começou? Quer dizer, 'ótimo' é a primeira palavra?"

"Ah, não, ainda não. Preste atenção, vou começar agora: Vassoura".

"Vassoura?"

"É, vassoura."

"Internet."

Norberto apertou os olhos com uma cara de tamanduá que perdeu a formiga de vista e anotou alguma coisa que não consegui ver na prancheta.

"Ok. Tempestade."

"Olhos."

"Hum. Chocolate."

"Pâncreas."

"Pâncreas, hein... Certo. Agora: Abajur."

"Relógio."

"Relógio", repetiu. "O.k., agora: Família."

"Morte."

Ficamos em silêncio por uns vinte segundos. Ele então faz uma longa anotação na prancheta. Ergue a cabeça, olha para mim e diz: "Jonas, sabe qual é minha especialidade? Quero dizer, aquilo a que me dediquei na psicologia?"

"Não. O que foi?"

"Dislexia. Fiz uns trabalhos ótimos com adolescentes disléxicos. Sabe como é, aquele pessoal que tem dificuldade de leitura e tudo o mais. Grandes progressos."

"Certo."

"Você... Por acaso não teria dificuldades com a leitura, não é?"

"Não, particularmente, não."

"Bom. Isso é ótimo. Esses problemas realmente podem atrapalhar muito a gente."

"Imagino. E... tipo, tem muitos disléxicos internados aqui?"

"Não, não muitos. Para falar a verdade acho que nenhum. Não costumam internar as pessoas por causa disso.", disse, circunspecto.

Mais uma pausa. Percebo que preciso cortar as unhas dos pés. Detesto pessoas com unhas dos pés compridas. Além da falta de higiene, acho muito, muito feio. Mas onde acho um cortador de unhas?

"Dr. Norberto, eu tenho uma pergunta para o senhor."

"Ah, muito bom. O que quer saber?"

"Por que... Por que a sua namorada ficou chateada com o lance da frigideira? Ela achou que foi culpa sua?"

"Eu não sei. Nunca consegui entender. E quem entende as mulheres?" disse ele, já se levantando.

"Bom Jonas, fico feliz em saber que está tudo bem com você. Tenho que ir andando. Mas, se precisar de alguma coisa, é só pedir para me chamar. De qualquer jeito, volto para te ver antes do final da semana, combinado?". E lá se foi o Norberto.

9

São 15h00. Estou na máscara de oxigênio quando o Giba resolve aparecer. Seu cabelo afro-desalinhado dá um toque ainda mais surreal ao sorriso de aparelho dentário com elásticos coloridos. O que, pensando bem, até que é estiloso.

"Está bem instalado aí, *brother*?" pergunta, enquanto troca a bolsa do soro.

"Super."

"Pronto." diz ele, quando termina de ajustar o suporte do soro. "É isso aí. Fica ligado que às quatro venho te buscar para fazer fisio".

"De novo?"

"É mané. No teu prontuário está marcado uma sessão de manhã, outra à tarde."

Giba pega meu livro ao arrumar a mesinha da lateral da cama. Dá um sorriso e aponta com o dedo para a capa: "Cara, este livro é irado. É sobre a extinção da humanidade. Temática muito apropriada para convalescentes..."

"Você conhece?", pergunto.

"Se eu conheço? Li tudo do Clarke, do Asimov, do Tolkien..."

"Você leu O Senhor dos Anéis?"

"Você está brincando? Li a trilogia e também o Hobbit, Silmarillion, Tom Bombadil..."

"E Fundação, já ouviu falar?"

"Li todos os sete livros."

"São só cinco."

"No Brasil os três primeiros livros foram publicados numa única obra. Em inglês são todos separados e são sete livros."

"Quer dizer que leu todos em inglês?"

"Claro. Morei três anos na Nova Zelândia antes de começar a faculdade. Lá dá para comprar cada livro por menos de um dólar kiwi em sebos maneiros."

"Dólar kiwi?"

"É o apelido da moeda deles. Num final de semana dava para faturar até 200 pratas tocando oboé na *Aotea square*, em Auckland."

"Você também toca oboé?"

"Não tão bem quanto o Alex Klein, mas dava para fazer uns trocos. E você? Toca alguma coisa, quer dizer, além de..."

"Não. E ultimamente nem isso..."

Desta vez abrem a porta sem bater. É a japonesa da verruga. Cara, ela é tão feia que se topasse com o Freddy Krueger provavelmente o coitado fugiria desesperado. Ou talvez se apaixonasse por ela, quem sabe... Já imaginou o Freddy Krueger apaixonado?

Ela olha para o Giba como um samurai que contempla seu oponente antes de decepar-lhe o pescoço. "Sr. Gilberto, o senhor tem mais oito quartos para verificar nos próximos vinte minutos. Estamos com algum problema aqui?"

"Na-não, enfermeira Otsuka. Já terminei aqui."

"Desculpe-me, enfermeira. Eu estava perguntando umas coisas para o Gilberto, a culpa é minha."

Giba se mandou rapidinho. Algo me diz que rola um stress entre esses dois aí. Ela levanta a sobrancelha da verruga (Ai, meu Deus, meus olhos estão pegando fogo!), então dá uma olhada como que inspecionando o quarto e sai. Toca o celular. É meu pai.

"Jo-jo?"

"Oi pai."

"Você está legal? Como foi a primeira sessão de fisioterapia?"

"Hum, acho que melhor do que fazer tratamento de canal..."

"Tão ruim assim? Olha, quero que você saiba que... Ah, bem, sua mãe já chegou por aí? Você não está sozinho, está?"

"Não se preocupe pai, tem um monte de gente aqui: o Giba, a noiva japonesa do Chuck, o Dr.

Freud e um monte de outras pessoas. Tá tão lotado que quase não cabem no quarto."

"Ah, ótimo então. A noiva de quem?"

"Pai..."

"O que é jo-jo?"

"Eu tô enrascado, né? Quero dizer, desta vez eu..."

A bateria do celular arriou. Acho que ele nem ouviu o que eu queria perguntar. Não faço ideia de onde esteja o carregador. Hora de ir ao banheiro para não mijar na fisioterapia.

10

São 15h41. Pela janela dá para ver a copa de uma árvore, que deve ser enorme se estamos no quarto andar. Mais ao longe alguns edifícios. O tempo está nublado e deve estar ventando muito porque no alto de um desses prédios parece que tem uma biruta enlouquecida. Aliás, para que uma biruta no alto de um prédio? A última vez que vi uma dessas foi antes de embarcar num passeio de balão, no interior. Foi no meu aniversário de onze anos quando fizemos um último passeio - quero dizer, nós três, juntos. Minha mãe, que não tem nenhum espírito de aventura, obviamente não gostou nada da ideia. Mas, acredite-me, embora dê para ver paisagens bem legais, passeios de balão não são exatamente radicais. Tanto que tinha uma velhinha com a gente que devia ter, tipo, uns duzentos anos e acho até que ela cochilou durante o voo.

É bem interessante ver o processo de encher o balão e depois usar um enorme maçarico de propano para subir, descer e navegar a coisa para lá e para cá. No final, depois que a gente desce, tem a tradição, acho que francesa, de estourar o champanhe e fazer um piquenique. Estava um dia perfeito: céu de brigadeiro, calor agradável. Tinha até uma clássica toalha quadriculada verde e branca. Mas como tudo que é bom dura pouco, logo eles começaram a discutir.

As coisas entre eles já estavam bastante azedas e dava para perceber bem isso porque a cada dia eles tinham menos paciência um com o outro. Qualquer coisa que meu pai falasse era motivo para discussão; e qualquer coisa que minha mãe dizia provocava desgosto no meu pai.

A relação deles parecia um balão. Só que o balão era todo vermelho e os pilotos nunca desligavam o propano. Esse tipo de balão não estoura, claro. Mas pode muito bem explodir numa bola de fogo...

Eu ficava no meio e, às vezes, tentava apaziguá-los mudando a direção da conversa. Minha melhor taxa de sucesso, percebi, acontecia quando botava a mente deles para trabalhar, fazendo algum tipo de pergunta técnica ou mesmo absurda. Por exemplo: "como o tecido do balão aguenta o fogo do maçarico de propano?" ou "Por que laranja chama laranja e limão não chama verde?" Deviam achar que eu era a criança mais bizarrenta do mundo. Dependendo da esquisitice da pergunta, meu pai se cagava de tanto rir e esquecia completamente que estava discutindo. Consegui até tirar uns sorrisos maneiros da minha mãe de vez em quando, o que, convenhamos, era uma façanha digna de prêmio.

Por causa dessas perguntas diversionistas teve uma hora que meu pai me perguntou se eu tinha vontade de ser escritor, diretor de cinema ou coisa do tipo. Eu respondi que não tinha a mínima ideia. Mas ele insistiu no assunto: "É sério jo-jo, você tem muita criatividade nessa cabeça aí. Já parou para pensar no que vai querer fazer da vida, quero dizer, em termos de profissão?"

Tentando fugir dos clássicos "astronauta", "líder da banda de rock mais ouvida no planeta" ou "jogador de futebol", nem sei bem porque, respondi: "Talvez eu queira mesmo é ser antropólogo".

"Antropólogo?", estranhou meu pai.

"É. Que nem aquele cara que faz documentários para o Discovery Channel, mostrando os costumes das pessoas, tribos, países e essas paradas todas."

Foi aí que o caldo entornou de vez. Eu estava tendo razoável sucesso com minhas táticas anti-guerrilha-parentais quando minha mãe fez seu brilhante, genial comentário:

"Era só o que faltava termos mais um perdedor na família."

"Como é que é?", perguntou meu pai, num tom baixo e perplexo."

Ela não respondeu. Fez cara de que não era com ela e, sem mais pensamentos para lidar com a situação, também fiquei quieto. Meu pai ensaiou dizer alguma coisa, mas acho que ficou tão indignado que também não insistiu. Olhei para ele e, nesse derradeiro momento, senti uma tristeza tão grande que eu tive vontade de me desintegrar, desaparecer do universo sem nunca ter existido. Foi aí que percebi que os panos quentes e as minhas extraordinárias técnicas de pilotagem de adultos não iriam resolver mais a situação deles. Eu tinha perdido essa batalha, e também a guerra.

Algumas semanas depois eles se separaram definitivamente e eu fiquei com a impressão de que é muito complicado fazer planos, especialmente sobre o futuro. Sou como a biruta do prédio: tem hora que o vento empurra ela para cá, e quando ela acha que tem certeza de alguma coisa, o vento impulsiona seu espírito bruscamente noutra direção, completamente diferente. Planos para o futuro, faculdade, profissão - agora tudo me parece tão... irrelevante.

11

Saio do banheiro carregando meu cabide de soro e vou para a poltrona. São 16h01. O Giba aparece para me levar para a fisio. No caminho, rezo para que a Dra. Denise, dementadora-chefe da ala de fisioterapia, tenha sido espantada por um enorme patrono coletivo invocado por todos os pacientes do hospital. Posso até imaginar: todos nós gritando ao mesmo tempo: *Expecto patronum!*, enquanto a algoz é desaparatada para o outro lado do universo. Difícil mesmo é pensar em alguma coisa feliz para conseguir invocar o patrono. No meu caso, eu conseguiria no máximo conjurar uma formiga de luz que não assustaria nem o saci-pererê.

"Jonas *bro*, você está muito pensativo", diz Giba, dando uma semi-empinada na cadeira de rodas quando não tem ninguém olhando. Dou um sorriso bem meia-boca. "Ânimo, meu jovem *padawan*. A força flui poderosa em você. Sinto as vibes de Oxossi na tua aura."

"Que porra é essa que você está falando, Giba?"

"Ah, Jonas-brô. Não conhece os orixás, não?"

"Não tem orixás em Star Wars, você está fazendo uma confusão dos diabos."

"Não é confusão, *padawan*, é crossover de candomblé com o universo jedi. No fundo é tudo a mesma coisa, sacou?"

"Ah, óbvio que saquei. E quem é esse Oxossi?"

"É o orixá protetor da floresta e de todos aqueles que nela habitam. Os filhos de Oxóssi, como é o teu caso, são inteligentes, muito desconfiados, curiosos, observadores e gostam muito da solidão."

"O que você quer dizer com ser 'filho' de Oxossi?"

"Pense em Oxóssi como no Obi-Wan Kenobi e em você como o Luke Skywalker, aí você vai sacar."

"Não sei não. No momento estou me sentindo mais como um cruzamento entre o Anakin e o Jar-Jar Binks..."

"Tá dizendo que não sabe se quer ir para o lado negro ou para o lado pamonha da força?"

Suspiro. "É. Não sei mesmo."

"Jonas-brô, vou te dizer uma coisa de coração: Chega uma hora que tu vai ter que decidir se quer ser Anakin, Luke ou Jar-Jar. Exu-pagão ou exu-coroado. Por que quando a cobra for fumar no teu cangote, *padawan* vai ter que escolher com qual axé vai entrar no terreiro, atinou?"

"Giba, alguém já te falou que você é muito doido, cara?"

"Toda hora."

"Tá bom. Não entendi metade do que você falou. Mas acho que peguei o sentido geral."

Chegamos à sala de espera da fisioterapia. Giba me deixa lá e combina de vir me buscar dali a uns quarenta minutos. Essa conversa maluca de crossover e tudo mais me ajuda a manter o bom-humor. Fico até a fim de conversar, mas o Giba me colocou no canto, do lado do bebedouro de água. Já tem três pacientes na sala de espera e, dois minutos depois, chega o Pedro, que aponta para a enfermeira levar ele até o lado da minha cadeira de rodas.

"E aí Jonas, tudo em cima?"

"Beleza, e você?"

"Preparado pruma aeróbica básica? Tô achando que hoje vou arrepiar no tênis.

"Sabia que para dar bola de efeito tem que virar a frente do controle para a esquerda e depois rolar uma diagonal da direita para a esquerda?"

"Também dá para mudar a cor da quadra para azul. É só apertar o dois quando a tela ficar preta, logo antes do jogo."

"Comeu a gelatina que eu te falei?"

É, parece que o Hiperpedro comeu açúcar demais no almoço. Fico zonzo só de tentar acompanhar o que ele fala. Mas não deu nem para começar a conversa porque logo nos convidaram para caminhar até uma outra sala, onde faríamos um tipo diferente de fisioterapia.

12

Entramos numa sala ampla, com umas pessoas de idade de um lado fazendo exercícios com bolinhas de tênis e macarrões de piscina. Do outro lado da sala, diversos racks com aparelhos de TV e consoles de Wii. Graças a Deus, nem sinal da Denise-dementadora. Um cara alto, com um brinco azul e dourado na orelha direita, calça de ginástica branca e um jaleco que parecia pequeno para ele me indica a primeira posição na sequência de aparelhos. Pedro fica na segunda.

"Oi Jonas. Meu nome é Matheus e vou te acompanhar nos exercícios hoje, Ok? Vou te colocar no beisebol."

"Só tem um problema, eu nunca joguei beisebol na vida..."

"Há, há. Isso não é problema", disse ele, rindo. Seu objetivo aqui é sincronizar a respiração com os movimentos e o jogo é bem facilzinho".

Isso é o que ele pensa. Eu nunca tive coordenação motora nem para jogar xadrez e coçar a cabeça ao mesmo tempo. Uma coisa é usar os controles do x-box confortavelmente sentado no sofá quando o máximo que se tem que fazer é sincronizar dois dedos em cada mão. Outra completamente diferente é ficar em pé e fazer os movimentos de verdade. Bom, não tenho mesmo nada a perder. O máximo que vai acontecer é eu me esborrachar de rir quando bater o bastão de beisebol na cabeça do meu avatar...

Começo a jogar. Não é tão difícil como eu imaginava, embora as minhas rebatidas ainda não tenham empolgado a plateia virtual. Depois de uns dez minutos, Matheus sai do meu lado e vai conversar com um funcionário do outro lado da sala. Falando em plateia, viro meu pescoço para a direita e percebo uma grande janela de vidro, com umas pessoas em pé observando nossos exercícios. E, no meio delas, não, não acredito... A garota que vi por dois segundos na UTI!

Acho que está olhando para mim, de novo. Está usando uma camisa xadrez vermelha e preta aberta sobre uma blusinha lilás e calça jeans. Faz aquele movimento sutil com a cabeça para tirar os longos cabelos castanho-claros da frente dos olhos. Olho para frente de novo. Começo a perder todas as rebatidas. Acaba a partida. Começo outra: desta vez preciso caprichar. Viro o pescoço novamente para a direita. Ela continua olhando fixamente para mim. Ela sorri. Seu sorriso é incrivelmente luminoso. Olho para o espelho do outro lado da sala e percebo que estou com os cabelos despenteados e desgrenhados. Faço cara de pastel de bacalhau, enquanto tento dar uma arrumada no topete.

Enxugo o suor da testa. O arremessador do jogo parece que está piscando para mim e murmurando "Pega essa, otário...". Não, não é possível, devo estar imaginando coisas. Erro a primeira bola. A segunda passa por debaixo do taco antes mesmo que eu termine o movimento. Não é possível, eu tinha acabado de fazer enormes progressos! Preciso me concentrar. Vou dar a terceira tentativa de rebatida. Uma gota de suor entra nos meus olhos justo na hora que faço o movimento de volteio com os braços e... Naaaaão. Meerdaa. Esqueci de colocar a alça do controle ao redor do pulso. O maldito escorrega das minhas mãos e sai voando, direto para a cabeça do Pedro. Fico olhando incrédulo para ele, que já está espatifado no chão...

"Pedro, me desculpa, você está machucado?" pergunto, desesperado.

"Ahaauu. Não tem problema, tá tudo bem", responde ele esfregando a mão na têmpora direita.

Quando começo a ajudar ele a se levantar vejo a garota de camisa xadrez, que entra correndo na sala, vindo em minha direção com um semblante aflito. Ela me ignora completamente e se coloca entre mim e o Pedro, amparando-o pelos braços.

"Drico, ele te machucou?", pergunta ela para o garoto enquanto olha para ele e depois para mim, inconformada.

"Foi sem querer. Eu deixei escapar o *wiimote* e, e...", gaguejo pateticamente.

"Gente, não foi nada mesmo", diz Pedro levantando-se, apoiando uma mão no chão enquanto ainda esfrega a têmpora com a outra. Ele continua: "Jonas, essa é a Diana, minha irmã. Diana, esse é o Jonas, meu amigo".

Isso, amigo. Jonas amigo, mim bom, mim não é mau.

"Você tem que prestar atenção com essa coisa, senão vai machucar alguém de verdade na próxima vez.", diz ela, com meu *wiimote* nas mãos.

"Hã, não, claro, bode deixar." O que foi que eu disse? *"Bode"* deixar? Agora sim, pareço um completo imbecil. Diana me olha num misto de consternação e pena. Mas algo surpreendente acontece. Ela me pega pelo braço, me leva até o meu lugar, ergue meu braço direito até a altura do peito, enfia a alça do controle pela minha mão e diz:

"Preste atenção, afaste as pernas assim... Isso, agora fique meio de lado em posição de rebater. Olhe para lá."

E ela continua: "O segredo é seguinte: você não tem que se preocupar em dar a tacada na altura certa para acertar a bola, mas somente com o timing da tacada, entendeu? Agora capricha..."

Faço que sim com a cabeça. Estou perplexo e me esqueço até de respirar. Diana volta para onde tem as outras pessoas que também estão assistindo ao espetáculo do *cirque du freak*. Nunca paguei um mico como esse na vida. Tenho vontade enfiar a cabeça num buraco por causa do vexame.

Finalmente, o exercício termina sem outros grandes incidentes. Voltamos para a sala de espera e peço novamente desculpas para o Pedro.

"Aê, fica frio que nem tá doendo mais." diz ele, sendo bem legal.

"A gente se vê por aí...", completa Diana.

E ela se vai, conduzindo a cadeira do irmão pelo corredor, até que os perco de vista.

13

Espero por longos trinta minutos na sala que, agora, é realmente de "espera". Quando já estou considerando seriamente a possibilidade de voltar sozinho para o quarto, o Giba aparece, esbaforido.

"Desculpa aí, Jonas *bro*. Você não se importa de fazermos um *pit stop* na radiologia, não é? Tenho que pegar uns exames."

"Qualquer coisa é melhor do que ficar no quarto."

Fazemos um caminho bem diferente, passando por alas em que se viam placas verdes, com as palavras em branco: ortopedia, hemocentro, nefrologia, gastroclínica e um monte de outras até chegarmos ao centro diagnóstico. O Santa Clara parecia não ter fim.

"Você nunca se perdeu aqui, Giba?"

"Só nas primeiras semanas. Uma vez me confundi todo e fui parar no necrotério por engano. Cara, só trabalha maluco lá..."

"Sério? Você bem que podia me mostrar o lugar..."

"Você deve estar doido. Tenho que te levar para o quarto rapidinho senão a Otsuka me arranca o fígado."

"Ah, caramba. Pelo menos me conta como é lá."

"Isso eu posso fazer. Fica no prédio 5, logo após a lavanderia. Lá dentro é sinistro cara. Tem um corredor largo onde ficam alguns cadáveres aguardando para serem preparados. Depois tem uma sala grande, com gavetas refrigeradas numa das paredes e depois duas salas menores para autópsias."

"Quem trabalha lá?"

"Só maluco. Tem o legista, que não sei o nome e dois camaradas escrotos que passeiam com os presuntos para lá e para cá. O apelido de um deles é Morgo e o outro é Mongo."

"Morgo e Mongo. Devem ser dois caras bem agradáveis...", reflito com ele.

"É claro que eles não sabem que a gente chama eles assim. Mas, isso é normal, todo mundo aqui tem apelido".

"É mesmo? E qual é o seu?"

"Giba."

"Tá legal espertalhão. E aquela atendente ali?"

"Ah, aquela é... a Carrapato do Brejo".

"Sei. E aquele cara lá?" digo, apontando para o cara que estava empurrando um carrinho com algumas tranqueiras médicas em cima.

"Aquele lá é o Rinosoro."

"Você está inventando isso, Giba."

"É, mas se você olhar bem para as narinas dele vai perceber que o apelido combina direitinho."

Quase me cago de tanto rir. Giba pega os exames e nós vamos embora. Pegamos um outro caminho e vou me distraindo lendo todas as placas que vejo, algumas delas incompreensíveis: espirometria, mastologia, optometria e outras paradas estranhas. Quando estamos chegando no quarto andar da ala da internação, pergunto para ele:

"Giba, todo mundo que morre neste hospital vai para o necrotério que você falou?"

"É claro, todo mundo que morre passa por lá."

"Então, por exemplo... tipo... se eu morrer, é para lá que vão me levar também?"

"Que pergunta cretina é essa? Você não vai morrer, não, cara. Pelo menos não no meu turno, sacou?"

Empurro a porta do quarto com os pés. Minha mãe tinha chegado e, pelo visto, já estava me esperando há um certo tempo.

"Jonas, finalmente! Já estava indo conversar com a enfermeira-chefe para saber onde você estava. Sua fisioterapia não dura apenas meia-hora?", disse ela, com olhar de reprovação para o Giba. "É que atrasou um pouco", respondo. Vou direto para a cama, ponho a máscara de oxigênio e ligo a TV. Preciso de um pouco de paz para organizar os pensamentos, então fico zapeando sem realmente prestar nenhuma atenção à programação. Mas tem uma hora que paro num canal que está reprisando o primeiro filme do Kung Fu Panda, bem naquela cena em que o mestre Shifu sobe a colina correndo, para avisar ao velho mestre-tartaruga Oogway, que o bandidão do filme acabara de fugir da prisão. Aí tem aquela conversa maluca dos dois:

"Mestre, mestre. Tenho más notícias", começa Shifu, esbaforido.

"Ah, Shifu. Não existem boas ou más notícias. Só notícias...", responde o mestre-tartaruga.

"Tai Lung fugiu da prisão".

"Isso é uma má notícia... para aqueles que acreditam que o Guerreiro Dragão não conseguirá derrotá-lo", diz Oogway, calmamente.

"Mas mestre, aquele panda não é páreo para Tai Lung", diz Shifu, contrariado.

"Meu velho amigo, o panda jamais cumprirá o destino dele, nem você o seu, até você se livrar da ilusão do controle...", responde o mestre-tartaruga.

"Ilusão?", pergunta Shifu.

"Sim. Olhe para essa árvore, Shifu. Não posso fazê-la florescer quando me convém, nem posso fazê-la dar frutos antes do tempo."

"Mas há coisas que podemos controlar" retruca Shifu, dando um chute na árvore, fazendo com que diversos pêssegos caiam. "Posso controlar quando a fruta cairá. E posso controlar onde plantar a semente. Isso não é ilusão, mestre."

"Ah, sim. Mas não importa o que faça, a semente virará um pessegueiro. Você pode querer uma maçã ou uma laranja, mas terá sempre um pêssego."

 E aí o mestre Oogway informa a Shifu que este terá que continuar sua jornada sem ele, porque pressente que sua hora chegou. Então, envolvido pela brisa e por centenas de folhas do pessegueiro, mestre Oogway desaparece para sempre. Me lembro bem de ter assistido esse filme no cinema com meu pai e de ter ficado com um nó na garganta nessa hora. Ainda bem que o cinema é escuro...

14

São 18h35. Chega uma moça trazendo o jantar. Sopa de legumes, arroz, lentilhas (arghh!), creme de mandioquinha, duas almôndegas, gelatina bicolor (eba!), uma maçã e fortini de baunilha. Minha mãe sai para comer um lanche. Estou cansado e sem fome, de novo. Fico imaginando se a Diana ainda está por aí, no hospital. Repasso mentalmente a cena dela me ajudando com as rebatidas do beisebol. Aí me lembro do vexame quando deixei escapar o controle e atingi a cabeça do irmão dela.

Por que a nossa mente é tão esquisita? Justo quando estamos lembrando de algo legal, vem sempre outra coisa ruim, que estraga o prazer da lembrança. É impressionante como uma ideia leva à outra: Diana me ajudando, controle voando na cabeça do Pedro, aula de ciências no quinto ano, quando derrubei a colônia de formigas no chão e causei um pandemônio na sala, gira-gira a 1000km por hora na pré-escola e de volta ao sonho da frigideira.

Chacoalho a cabeça, penso num quadro branco e tento de novo: Diana me ajudando. Enfermeira Otsuka arrancando sua verruga, na frente de um espelho. Caio Jr. me estrangulando na cozinha. Caio Jr. socando meu estômago na saída do banheiro. A tela do computador com o e-mail do

M4z@gmail.com. Darwin barbudo, digitando seu e-mail para mim. Estimado Sr. Jonas Vento. Lamento profundamente informar-lhe que, como decorrência lógica da teoria por nós postulada, o perecimento de V.Sa. terminará por ser benéfico para o aperfeiçoamento constante e a evolução de toda a espécie humana. Sem mais, com afeto, *Sir Charles Robert Darwin, FRS.*

Chega. Melhor tomar banho e tirar essa uruca. Já consigo me virar sozinho no banheiro, então, quando minha mãe volta, já estou de novo na cama, pronto para o lanche das 21h00. É comida para caramba, mas, apesar da dieta insana, não consigo ganhar peso por causa da FC. Entra um tal de Kelson, técnico em enfermagem de plantão no turno desta noite. Ele me pergunta se já "fiz cocô" hoje. Respondo-lhe que pessoas da minha idade não "fazem cocô", elas simplesmente "cagam". Ele ri e me informa que tenho que colher uma amostra para o exame de fezes. Cara, eu nem vou contar os detalhes do processo que ele me explica; melhor deixar para lá. Tento ver um pouco de TV enquanto minha mãe está no notebook dela.

"O que você está fazendo?" pergunto, apontando para o aparelho.

"Ah, só respondendo uns e-mails de clientes e trabalhando num projeto de paisagismo para um conjunto comercial novo, na Faria Lima", responde ela.

"Paisagismo?"

"É. Você quer ver?", ela pergunta.

"Claro."

Ela abre um programa de arquitetura que não conheço e começa a me mostrar umas fachadas de prédios baixinhos, antes e depois de fazer o tal paisagismo. É bem legal, porque as fachadas e os ambientes mudam completamente. O projeto que ela me mostra tem uma espécie de pátio interno e o programa permite ver a coisa de cima e depois em 3D, como se estivéssemos no lugar. "O que é essa coisa azul aqui?", pergunto. "É um espelho d'água. Daqui sai um caminho com pedras que leva a um jardim japonês. E aqui, do outro lado, um gazebo".

"Ficou bem legal. Eu pensei que você fazia apenas os projetos das casas e prédios", digo, admirado com a beleza e a harmonia do trabalho.

"Bem, a maioria dos arquitetos não faz paisagismo, mas eu acabei me especializando nisso no escritório".

"Certo. Então por que a nossa casa é tão... quero dizer, sem... você entende?", pergunto, lembrando-me do palácio dos mármores, a casa inóspita em que moramos.

"Não sei. É o estilo do Caio, acho. Nunca pensei nisso."

Faço que sim com a cabeça.

"Você não gosta muito de lá, não é?", ela me pergunta, voltando para a poltrona em que estava sentada, com seu notebook.

"Não, nem um pouco."

"É nossa casa agora e ela tem os seus encantos."

"Suponho que sim."

Foi a conversa mais longa que tive com a minha mãe em anos. Quero dizer, conversa mesmo, não algum papo idiota sobre a lição de casa, a arrumação do quarto ou a necessidade de escovar os dentes após as refeições. Um papo normal, de gente normal, sobre os interesses e as preferências de cada um. Mas não dura muito pois logo ela se põe a trabalhar e eu volto para a TV. Hoje o dia foi punk, melhor ir dormir.

15

Tenho mais um sonho absurdo. Estou deitado numa maca, olhando para uma lâmpada fluorescente e branca no teto que faz um ruído regular e irritante. Tem uma rachadura dupla com formato de foguete na junção de uma das paredes com o teto. Quando tento me levantar, percebo que não tenho nenhum controle sobre os músculos do meu corpo. Tento mover o braço e depois somente o pescoço, mas os insubordinados não me obedecem. Faço uma força enorme para piscar e é muito frustrante porque não consigo fazer nenhum movimento. O desespero toma o lugar da irritação. Aí aparece um cara magro, cheio de espinhas no rosto e me encara. Não consigo dizer nada. O cara diz: "Saca só Morgo, este aqui tá prontinho pro velório. Você leva ele para lá?"

O pânico me invade. É isso aí; devo estar morto no necrotério. "Porra Mongo, tu não vê que estou comendo meu sanduiche? Leva esse presunto você... E vê se dessa vez não esquece de pegar a caixinha, hein!"

"Pode deixar", responde Mongo. "A gente caprichou neste aqui: não foi fácil limpar esse catarro todo, botar terno, arrumar esse penteado ridículo...".

De repente não estou mais na maca nem no necrotério. Parece que estou num caixão todo forrado de veludo vermelho, numa outra sala, com teto azul claro. Toca uma música horrível, tipo de elevador sabe, mas daqueles prédios com escritórios de contabilidade.

Aí o sonho fica mesmo esquisito. Vejo minha mãe, arrumada e maquilada como sempre, vestida com um elegante conjunto preto. Tem um lencinho de renda branca na mão direita com o qual enxuga uma "quase umidade" em seu nariz. Ela fala alguma coisa olhando para os lados, mas eu não consigo ouvir o que é. Ela faz sinal para alguém, fora do meu campo de visão. Ela então se afasta e, em seu lugar, entra o Caio Jr. Ele está de terno cinza com uma gravata florida. No bolso do paletó tem um bottom amarelo do watchmen, aquele do *happy face*, mas com um espirro de sangue no olho esquerdo. Ele está com um olhar que parece de satisfação, pisca para mim e começa a falar umas coisas que, graças a Deus, também não ouço. Queria poder falar um palavrão, mandar ele para aquele lugar, mas não consigo me mexer nem um milímetro.

Aparece então um índio. Não, na verdade é o meu pai, vestido de índio, com um cocar de penas laranjas e azuis. Seu rosto está todo pintado com linhas e pontos e, de suas orelhas, pendem brincos com plumas brancas e contas de madeira.

Seu olhar não é de tristeza, mas tem um quê de tranquilidade que me acalma. Daí ele fala, não sei como, sem mexer com a boca: "Jo-jo, meu filho, eu te amo muito. Mas agora vamos ter que nos separar por um tempo. Daqui à pouco você vai fazer uma viagem. Vai entrar numa espécie de mata bem densa e depois de caminhar um pouco por uma trilha você encontrará um rio. Tem que atravessá-lo. Preste bastante atenção meu filho. Não importa o que aconteça, não ligue para o medo: você tem que atravessar o rio... Nunca se esqueça que eu...".

Antes que pudesse terminar a frase, o Andrea-índio some da minha vista e aparece o Caio Jr. de novo. Ele continua falando alguma coisa, mas, novamente, não posso ouvi-lo. O maldito começa a fechar a tampa do caixão e eu vou tendo cada vez menos visão do que acontece na sala, até não haver mais nada, somente a escuridão. Aí acordo com a Wanda falando comigo.

"Jonas, acorde. Está tudo bem, você só está tendo um pesadelo" diz ela, enquanto passa a mão em minha cabeça. "Veja só, está todo ensopado. Deve ter sido um sonho e tanto...".

Estou com falta de ar e peço para Wanda a máscara de oxigênio. Que sonho maluco, penso eu. Tento reter as imagens em minha memória para poder refletir sobre elas e sobre tudo isso que está acontecendo comigo. O índio, o caixão, a lâmpada fria do necrotério, Caio Jr. e minha mãe: minha cabeça parece um liquidificador batendo merda com vitamina de morango.

"Sua mãe pediu para lhe dizer que teve que ir bem cedo para o trabalho. Não te acordou porque você estava muito cansado e precisava se recuperar", diz a técnica, enquanto troca a bolsa de soro e injeta algum remédio no cateter do equipamento.

Estou ainda meio zoado de sono quando olho para o rádio-relógio da cabeceira: são 6h40.

"Está tudo bem? Precisa de ajuda para ir ao banheiro?" pergunta ela.

"Não, eu dou conta, obrigado", digo, me apoiando para levantar da cama. Fico uns dez minutos no oxigênio, sentado na cama, esperando a respiração normalizar.

Estou com uma sensação estranha em relação a esse sonho. Acho que é importante, de alguma forma. Tenho que tomar um banho porque estou todo suado e grudento. Fico uns minutos a mais no chuveiro, para colocar as ideias em ordem. Ouço duas batidas na porta do banheiro e, antes que eu responda, ouço a porta se abrir. Não consigo ver nada porque entrou um pouco de shampoo nos meus olhos. Quando consigo abri-los vejo a Wanda, com toalhas dobradas nas mãos, parada em pé e me olhando através da porta totalmente transparente do box.

"Está tudo bem por aí?"

"Ei", reclamo, me virando de costas para ela. "Um pouco de privacidade, por favor?"

"Relaxa garoto, não tem nada aí que eu já não tenha cansado de ver", diz ela, enquanto arruma as toalhas no gabinete. "Não precisa ficar envergonhado".

E esta foi a primeira vez que uma pessoa do sexo oposto me vê nu, depois que entrei na ridícula puberdade...

16

Depois do café da manhã, tenho a sensação de que a rotina toda se repetirá: às 8h a nutricionista aparece para perguntar o que quero para o almoço. Depois o Dr. Bogert vem para sua inspeção matinal. Aí eu me lembro: daqui a pouco vou encarar a parte mais difícil do dia: fisiotortura respiratória com a Dra. Denise-do-mal. Lembro-me também que deveria ter feito os exercícios com o cachimbo que ela me deu, mas esqueci completamente.

Wanda vem me buscar pontualmente às 9h50. Não vejo muita necessidade de ir de cadeira de rodas, pois sinto-me melhor hoje. É claro que tem o problema do soro: se eu fosse andando, teria que levar o cabide comigo. Ele tem rodinhas, então isso não seria um grande problema: só que eu talvez demorasse o triplo do tempo para chegar na ala da fisioterapia. De qualquer forma, confesso que até que é bem gostoso andar por aí com uma pessoa te empurrando.

Quando estamos saindo do quarto damos de cara com o Pedro, também de cadeira de rodas, mas pilotada por uma enfermeira que nunca vi por aí. Quando percebem que nos conhecemos, alinham nossas cadeiras lado a lado. Pedro está com uma cara péssima.

"Tudo ok com você Pedro? A testa está legal?", pergunto.

"Hã-hã, sem problemas.", ele responde laconicamente.

Pelo jeito o Hiperpedro está mais para Slowpedro hoje. Está com o aspecto abatido e nem um pouco a fim de conversar. Então eu também não insisto. Quando estamos quase chegando à sala de espera, ele se anima um pouco.

"Parece que estamos apenas a uns seis quartos de distância, dobrando a esquina no corredor. Coincidência, né?", ele diz, com uma voz nitidamente fraca.

"É mesmo? Eu não tinha ideia", respondo. "E... sua irmã... ela vem... sempre visitar você?"

"Todas as tardes, depois que sai da escola."

"Você está me parecendo meio deprê. Aconteceu alguma coisa? Quero dizer, além de eu ter te nocauteado com o *wiimote* ontem?"

"Nah, estou bem agora. Tive um ataquezinho de bronquite durante a madrugada. Eles põem alguma coisa no remédio que deixa a gente meio mole por um tempo"

"Ah, tá. E dá para fazer a fisio neste estado?"

"Sei lá, acho que sim."

Nossa conversa é interrompida por uma moça que vem buscá-lo. Eu mesmo não tenho que esperar muito tempo: em cinco minutos lá está ela.

Dra. *Dor*nise. Lá vamos nós. O processo todo se repete, só que dessa vez não sai tanto catarro e eu acabo a sessão um pouco menos acabado do que ontem. Despeço-me dela com menos ódio no coração, apesar da bronca por ter esquecido de fazer os exercícios com o cachimbo. Depois de uns dez minutos na sala de espera, uma outra técnica vem me buscar no lugar da Wanda. De início, voltamos pelo caminho inverso. Mas, ao sair do elevador, percebo que estamos num andar que não conheço, embora seja tudo meio parecido no Santa Clara.

"Estamos fazendo um caminho diferente para o quarto...", digo casualmente.

"Ah, não vamos para o quarto ainda. O Dr. Bogert solicitou uma ressonância magnética sua. Não se preocupe, é coisa rápida", diz a técnica.

"Ressonância magnética é tipo um raio-x?"

"Mais ou menos. É um pouco mais sofisticado, mas acho que o princípio é o mesmo."

Chegamos numa sala de espera ampla e bem cheia de gente. A técnica vai conversar com um atendente e lhe entrega uns papéis. Quando volta, me dá um cartãozinho com um número de protocolo e uns números escritos à caneta.

"Você deve ser atendido dentro de meia-hora. Quando terminar, peça para a atendente ligar neste ramal que alguém virá buscá-lo, está bem? Preste atenção porque vão chamá-lo pelo nome", ela me instrui.

A técnica trava as rodas da minha cadeira e me "estaciona" na ponta de uma fileira de cadeiras de espera. Não há ninguém sentado no assento ao meu lado, mas duas cadeiras adiante há um homem, aparentando uns trinta anos, ruivo e meio descabelado, vestindo um agasalho adidas espalhafatoso que parece ter vindo diretamente de algum episódio de Glee. Me levanto para pegar uma revista numa mesinha na minha frente e começo a folheá-la sem muito interesse. O homem olha para mim e muda de cadeira para sentar-se ao meu lado.

"E aí garoto. Veio fazer qual exame?" ele pergunta, num tom de voz alto demais para uma sala de espera de hospital.

"Vim para uma ressonância", eu respondo, sem tirar os olhos da revista.

"Ah, sei. Esse é o pior deles...".

Ok, agora ele tem minha atenção. "Como assim, o pior deles?"

"Então você não sabe? É típico: eles deviam explicar essas coisas para as pessoas antes desses exames absurdos."

"Ah, concordo plenamente. Mas, absurdo de que jeito?"

"Simplesmente eles vão te enfiar num tubo, meu camarada. Um tubo eletrônico que te envolve totalmente e que não vai deixar você se mexer. O barulho lá dentro é infernal", observa ele, abaixando o tom de voz como se me contasse um segredo.

"Tubo?", pergunto começando a ficar preocupado com essa história.

"Um tubo branco, numa sala toda blindada. Falam com você pelo microfone. É como um caixão de plástico onde vão te irradiar com raios gama, que eu li numa revista especializada que podem até te cegar. Por isso, jamais abra os olhos lá dentro. Faça o que fizer, nunca, nunca mesmo abra os olhos. E também não se mexa porque se eles errarem o alvo, por centímetros que seja, os raios gama acertam seu coração – ou o seu bilau. Conheço muitos caras que ficaram brochas depois de uma ressonância, só porque respiraram um pouco mais forte ou porque tiveram que se mexer por causa de uma coceira no nariz."

Começo a ficar surtado com essa história toda. Minha boca fica seca e minhas mãos começam a suar. Aí me lembro que estou muito longe da máscara de oxigênio, lá no quarto. Esse sujeito é definitivamente muito estranho, mas conseguiu me deixar em pânico.

17

Espere um pouco. Esse cara não pode estar falando sério. Ou está me zoando ou é maluco. Ele pode até ter vindo da ala psiquiátrica. Mas, nesse caso, será que poderia andar solto por ai? Ou pode ter *fugido* da ala psiquiátrica e agora está atormentando os outros pacientes. Mas e se ele não for maluco e estiver dizendo coisas razoáveis? Não, não é possível. Vamos ser racionais. Exames não podem causar mal às pessoas que já estão doentes, certo? Ou não? Caraca, estou em pânico...

"... e então pode acontecer também de seus dentes começarem a apodrecer, como aconteceu com meu cunhado no ano passado", ele continua falando e falando e falando. "Tudo depende do técnico que opera a máquina: se ele se distrair por um instante os raios podem ficar mais intensos ou podem se deslocar e atingir a região errada do seu corpo. O pior é que os resultados não aparecem na hora. Já ouvi falar de pessoas que tiveram reações terríveis semanas e até meses depois do maldito exame..."

Isto é ridículo. Eu me recuso a ficar em pânico por causa da pataquada que esse cara está falando. Ok, seria fantástico se a minha mente me obedecesse. Estou em pânico. Oficialmente em pânico. Então chega um atendente.

"Sr. Jonas, vou acompanhá-lo até a sala do seu exame. Está usando alguma corrente ou outro objeto metálico junto ao corpo?"

"Tirando a cadeira de rodas, não..."

"Ah, certo, muito engraçado."

Faço um sinal de despedida para o maluco de agasalho, enquanto o atendente me leva até uma antessala, onde desconecta meu soro. Depois entramos num outro lugar, onde vejo uma máquina branca e enorme, que parece uma máquina de lavar roupa gigante, daquelas com um buraco redondo no meio. Só que essa tem uma espécie de cama saindo do buraco redondo. Ele me pede para deitar, com os pés virados para a boca da máquina.

"Ei, essa máquina de ressonância é, sei lá, tipo...", tento perguntar, mas não estou certo de como formular os pensamentos confusos que me afligem nesse momento.

"Ah, não se preocupe, esse exame não dói nada".

"Eu sei, mas, essa coisa magnética, esses raios-gama..."

"Raios-gama"?

"É. Bem, isso não é meio perigoso?"

"Tão perigoso quanto um pudim de baunilha causar um infarto".

"Ah, certo. E qual a chance de um pudim de gelatina causar um infarto?", eu pergunto. O atendente interrompe o que estava fazendo e olha para mim diretamente.

"Ei, falando sério, fica tranquilo porque esse exame não dói nem causa nenhum tipo de problema. O processo é todo computadorizado e demora no máximo vinte minutos", ele responde, tentando me tranquilizar.

"Mas e os raios-gama?"

"Raios-gama? Não sei de nenhum raio-gama. É um processo magnético que não vai afetar nada em você. Bem, talvez o máximo que aconteça é você ficar com uma personalidade um pouco mais 'magnética' depois do exame..." ele diz, rindo.

Deito-me de barriga para cima e o atendente sai da sala. A tal da cama começa a deslizar automaticamente para dentro da boca da máquina. Meu corpo entra inteiro lá dentro e tenho a impressão que o meu nariz está a um palmo da parte de cima da boca. É meio claustrofóbico. Então ouço uma voz falando comigo por um sistema de som:

"Vamos começar o exame. Fique o mais imóvel possível e vá seguindo minhas instruções. Encha os pulmões de ar e prenda a respiração até eu dizer para soltar. Agora.", diz a voz metálica e eu obedeço imediatamente.

Começo a me lembrar das coisas que o maluco de agasalho falou. "Vão te enfiar num tubo branco", "falam com você ao microfone", "o barulho é infernal". De fato, começo a ouvir um barulho bem alto que vem da máquina, além de uma série de sons mecânicos estranhíssimos. Tudo o que ele falou aconteceu, até aqui. Catso. Esqueci de fechar os olhos. O atendente não falou nada sobre manter os olhos fechados. Será que ele esqueceu? Por via das dúvidas, aperto as pálpebras o máximo que posso. O processo de prender a respiração de repete várias vezes enquanto a cama parece que se mexe um pouco para dentro e, às vezes, um pouco para fora da máquina. Não tenho certeza porque estou com olhos trancados, não fechados.

O exame parece que leva uma eternidade. Uma gota de suor escorre da minha testa e passa rente à minha orelha, o que me deixa com uma vontade louca de coçar tanto a testa quanto a orelha. Me lembro do maluco falando: "várias pessoas ficaram brochas por causa de uma coceira no nariz...". Minha mão direita tem um espasmo involuntário, o que me deixa mais nervoso ainda. "Relaxa Jonas", eu penso comigo mesmo. "Poderia ser pior: você poderia ter um acesso de tosse ou falta de ar...".

Quando penso nisso, imediatamente cresce em mim uma vontade irresistível de tossir. Só uma tossezinha, para limpar a garganta... Agora é meu dedão do pé que está coçando. Faço um pequeno movimento involuntário com a perna esquerda.

"Não se mexa, por favor", diz a voz.

Espere um pouco, não foram os raios-gama que transformaram o Dr. Bruce Banner no incrível Hulk? Aquele imbecil do agasalho inventou essa história. Isso ou eu vou ficar verde, musculoso e muito bravo. Musculoso e bravo até que tudo bem, mas verde? De repente a cama começa a se mover para fora da máquina e, quando percebo que saí, abro os olhos e coço compulsivamente a cabeça, o nariz, o joelho e o dedão do pé. Agora o tempo dirá: se meus dentes apodrecerem em algumas semanas, ele tinha razão.

18

Quando finalmente volto para o quarto, vejo que o almoço já está lá me esperando. Hoje estou com um pouco mais de apetite, embora a gororoba já esteja fria. Meu pai me liga, avisando que passará a noite comigo e eu aproveito para pedir para ele trazer um notebook com o qual possa acessar a internet. Preciso encontrar respostas nos oráculos eletrônicos, já que, na vida de carne e osso as coisas não parecem muito confiáveis. Minha lista inclui entender melhor a fibrose cística, os efeitos da ressonância magnética e seus "raios-gama" e, é claro, descobrir se a Diana está em alguma rede social...

É, a internet nos poupa de fazer perguntas embaraçosas e não consigo nem imaginar a vida antes da rede. Meu pai me contou que, quando fez a faculdade e o mestrado dele ainda não existiam essas facilidades. Ele usou algo chamado de "máquina de escrever" e eu não consigo imaginar como seria isso (vou ver se acho uma no Google Imagens). Embora já existissem computadores quando ele era mais jovem, poucas pessoas tinham acesso pois deviam ser muito caros. Mas isso lá pelos anos 1980 e, nessa época, eu ainda estava morto...

Essa é uma ideia interessante. Antes de nascer eu estava morto. Depois de morrer estarei morto de novo. Então eu passei ou terei passado a maior parte do tempo morto mesmo. Quer dizer, se comparar com o tempo que a humanidade existe... Quatorze anos vivo e, sei lá, uns três, quatro mil anos morto. E lá vou eu novamente, pensando merda. Mas vamos encarar os fatos: eu prefiro estar vivo. Mesmo tendo que ir à escola. Mesmo tendo que perder incontáveis horas com deveres de casa inúteis. Mesmo tendo que encarar o Caio Jr., de vez em quando. Mesmo tendo que fazer fisioterapia respiratória.

Bom, na verdade, se colocar na balança, não tenho tanta certeza assim. Afinal, o que tem de bom na vida? No momento, não me ocorre nada porque a minha vida tem sido uma droga completa nos últimos... deixe-me ver, nos últimos quatro anos, pelo menos. Amigos, poucos. Família, bom deixa para lá. Saúde, dispensa comentários. Dinheiro, sei lá, minha mesada está atrasada e, de qualquer maneira, não dá mesmo para comprar muita coisa com cem reais por mês.

O que mais me incomoda nesse mundo é ver como as pessoas são realmente estranhas. Quando se conversa com elas parece que estão cheias de certezas sobre as coisas. Parece que sabem tudo, só que não contam para mais ninguém. Eu não tenho certeza de nada. Não sei se há vida após a morte, não entendo o que tem de tão interessante em torcer por um time de futebol, não sei por que estou aqui neste mundo, não sei por que estou doente, não sei o que vou fazer quando for adulto, não sei por que tenho que aprender trigonometria. Eu não sei de nada. E quer saber de uma coisa? Vou é tirar uma soneca.

E, adivinhe só: tenho mais um sonho estranho. Desta vez estou numa praia deserta. O dia está lindo: céu azulíssimo e ondas espumantes em águas mornas e transparentes. Não dava para ver, mas eu sabia que estava numa ilha. Atrás de mim, montanhas e florestas, depois de uma faixa de areia branca de uns duzentos metros. À minha frente, o mar infinito. Fiquei lá por um tempo, sentado na areia úmida e fazendo uma coisa que adorava quando era pequeno: sentir a textura da areia molhada na ponta dos dedos. Fazer carinho na areia. Enterrar os pés e depois mexer os dedos devagarinho, simulando um terremoto ou o aparecimento de dedões misteriosos, como nos filmes de monstros japoneses.

Num determinado momento do sonho vejo o que de início parece um ponto branco no mar. O ponto cresce até que posso ver que se trata de um barco que vem em direção à praia. O barco, que na verdade é um iate até que dos grandes, encalha na praia. Tem uma escada de cordas na lateral dele e, movido pela curiosidade, subo por ela e entro no barco. Ando pelo convés e dou uma olhada nas cabines e na ponte de comando, mas não avisto ninguém. Até que uma coisa me chama a atenção: um porta-retratos com uma fotografia. É uma fotografia minha, numa praia! Uma fotografia minha na praia em que eu estava há poucos instantes, só que eu pareço bem mais novo na imagem. Eu olho pela janela do barco e comparo a paisagem da ilha com a da fotografia e realmente me parece a mesma coisa. Eu resolvo sair do barco, mas trago a fotografia comigo. Aí percebo que o tempo mudou completamente e nuvens negras escondem o céu. Começa uma tempestade, com muitos trovões e raios por todo o lado. A maré também vai subindo e, de repente, não há mais barco nem praia, somente uma inundação de águas agitadas e uma escuridão que me faz correr em direção ao centro da ilha. Mas é difícil correr porque a água já está na minha cintura e então as coisas começam a ficar em câmera-lenta: eu corro e quase não saio do lugar. Aí acordo com a moça que vem trazer o lanche da tarde.

Esse é o terceiro sonho maluco em um par de dias. Isso é realmente muito estranho porque não sou muito de sonhar mas, ultimamente, parece que estou tirando todo o atraso.

19

Falta meia hora para a fisioterapia. O cochilo depois do almoço, embora agitado, melhorou minha disposição. Zapeio um pouco os canais da TV, mas agora é aquela hora maldita em que não tem nada passando além de programas sobre culinária, televendas e desenhos para crianças imbecis. Entediado até último fio de cabelo, começo a folhear de novo meu livro, mas não estou muito a fim de ler agora. Levanto-me e vou ao banheiro. Na volta para a cama, resolvo abrir a porta para espiar o corredor – quem sabe vejo o Gilberto por aí. Incrível: embora ouça algumas vozes ao longe, não avisto ninguém em nenhuma das duas direções.

A porta do quarto em frente está entreaberta e consigo ver uma senhora, que parece bem velhinha, dormindo. Ela abre os olhos e vira a cabeça lentamente na minha direção. Nos fitamos durante uns segundos e então ela faz um sinal com a mão, pedindo para eu ir até lá. Eu fico em dúvida e olho novamente nas duas direções do corredor. Não me recordo de terem dito nada sobre visitas aos vizinhos de hospital, então pego meu cabide de soro e atravesso os poucos metros que separam as duas portas.

O quarto dela é muito parecido com o meu, só que o banheiro fica do lado contrário. Há também dois bonitos vasos de flores: um com uma variedade de rosas brancas na bancada em frente à cama e outro com espécies muito coloridas na mesa lateral. Não entendo nada de flores, então não sei dizer de que tipo são. Só sei que não me lembro de ter visto flores tão bonitas assim. Chego perto da cama dela.

"E aí... quero dizer, como vai a senhora?"

"Olá meu jovem. Qual é o seu nome?", pergunta ela com certa dificuldade.

"Jonas Vento, muito prazer."

"Ora Jonas Vento, o prazer é todo meu. É um nome muito bonito o seu...".

"Obrigado. E a senhora, como se chama?"

"Meu nome é Alice."

"Essas flores são muito bonitas" digo, apontando para o vaso colorido.

"Ah sim, são begônias, gérberas e flores do campo, as minhas favoritas. Meu querido Walter as trouxe pela manhã. Mas diga-me Jonas, por que um jovem tão cheio de vida como você está com esse olhar soturno?"

"Certo, bem, me desculpe, mas não sei exatamente o que é soturno..."

Alice me fita com seus fundos e serenos olhos azuis e responde: "Hoje eu acordei me sentindo um pouco soturna também. Sabe, às vezes as coisas parecem muito ruins. Mas quando a gente menos espera, tudo se transforma. Você sabia que o amanhã é generoso com os curiosos?"

"Não, acho que não sabia. Como assim?"

"Eu vejo que você é um menino muito curioso. Por exemplo, ficou curioso com as flores e ficou curioso o bastante para aceitar meu convite e entrar no quarto. A maioria das pessoas não entraria no quarto de uma idosa para conversar. Posso ver também que é muito inteligente, pois admite prontamente a sua insciência".

"Ah, já sei. A senhora é professora de português, não é?" aponto para ela, sorrindo.

"Está vendo como eu tenho razão?", ela ri. "Não, eu não sou professora de português. Sou uma exploradora como você."

"Uma exploradora, tipo, como o Indiana Jones?"

"Não tive o prazer de conhecer esse senhor" diz, se divertindo.

 Que quer dizer como eu? Não sou explorador, nem arqueólogo nem nada. Tenho quatorze anos e estou no 9º ano de uma escola que encoraja qualquer coisa menos a curiosidade e a exploração."

"Ah, mas isso não tem nada a ver com escola ou com idade. Só posso lhe dizer que um explorador sempre reconhece outro quando o vê", ela diz, arqueando um pouco os ombros.

"Certo. Tudo bem. E o que é que nós exploramos?", pergunto enquanto observo os estranhos aparelhos que estão ligados à Alice, do outro lado da cama.

"Muitas coisas. A vida, o mundo, e até mesmo nós próprios. Depende de onde está nossa curiosidade no momento. E vou lhe dizer mais: exploradores ficam soturnos e doentes quando param de explorar."

"A senhora... parou de explorar?"

"De jeito nenhum. Só estou me recuperando de uma pneumonia. Logo, logo retomarei minha caçada aos mistérios da vida", diz ela, demonstrando cansaço na voz.

"Bem eu acho que preciso voltar para o meu quarto agora, Alice. Daqui a pouco virão me buscar para a fisioterapia e..." enquanto digo isso, ela põe sua mão direita suavemente sobre a minha.

"Jonas Vento, você me faz lembrar dos meus netos, quando eram mais jovens e venturosos. Lembre-se de que quando a gente explora territórios desconhecidos, às vezes nos sentimos perdidos. Mas isso é uma ilusão: de fato, nunca podemos saber realmente onde estamos, então não podemos nos perder... ou nos achar. Só continuar explorando...", ela diz, fechando os olhos e voltando seu rosto para cima novamente. De repente, percebo alguém atrás de mim.

"O que você pensa que está fazendo?"

Antes mesmo de olhar para atrás, reconheço imediatamente a voz aguda e desagradável da Otsuka. Ela está parada me olhando, perplexa, como se eu tivesse acabado de fazer algo muito, muito errado.

"Por que não está no seu quarto?" ela pega meu cabide de soro com uma mão, apertando fortemente meu braço esquerdo com a outra. Eu tento me desvencilhar dela, mas sua mão parece uma garra de ave de rapina.

"Eu só estava conversando um pouco com a Alice, não precisa fazer escândalo" eu digo, olhando com raiva primeiro para os seus olhos frios e, depois, para a verruga repulsiva.

"Dona Alice precisa de repouso e você vem comigo para o seu quarto, de onde não devia ter saído" diz ela, franzindo todo o seu rosto de noiva do Godzilla e me puxando para fora do quarto. Já no corredor, damos de cara com Giba, um médico que não conheço e a Diana empurrando o irmão na cadeira de rodas.

"Tudo certo por aí? Vim te buscar para a fisio, Jonas", diz Gilberto.

"Oi Jonas, está tudo bem com você?", pergunta Diana, fitando o rosto exaltado da Otsuka. Eu puxo meu braço e, desta vez, consigo me soltar.

"Algum problema por aqui enfermeira Ryoko?" pergunta o médico.

"Está tudo sob controle, doutor. Gilberto, queira fazer a gentileza de encaminhar o Sr. Jonas para a fisioterapia. Obrigada", diz a verruga ambulante.

Sento-me na cadeira vazia que o Giba trazia, enquanto ele muda o soro do cabide para o suporte da cadeira.   E saímos os quatro, corredor afora.

20

"E aí meu camarada, então você se enroscou com a Lady Onyxia?", pergunta Giba, num tom malicioso.

"Lady Quem?", Diana engata, curiosa.

"Ah, já vi que você não joga *World of Warcraft...*", diz ele.

"Tudo bem, já deu para entender. Eu só fui conversar um pouco com a senhora idosa do quarto da frente quando a maluca da Otsuka resolveu implicar comigo", explico. "Acho que aquela mulher não bate bem da cabeça".

"Que mulher, a idosa ou a Otsuka?", interrompe Pedro.

"A enfermeira, é claro."

"Também não simpatizo muito com ela. Quer dizer então que salvamos você de virar sushi?", pergunta Diana.

"Pode acreditar. Fico devendo essa para vocês" digo, freando a roda da cadeira só para irritar o Giba, que retribui com um peteleco na minha cabeça.

Quando chegamos à sala dos exercícios, sinto um pouco de fraqueza. Dá para ouvir o maldito chiado no peito de novo. Começo a jogar beisebol no wii, mas sem muito entusiasmo. Apesar do exercício ser até que bastante leve, estou com um pouco de falta de ar e tenho que me esforçar muito para ir até o final. Quando enfim acabamos, estou exausto. Queria poder dizer alguma coisa maneira para a Diana, mas, convenhamos, tenho um cano de soro pendurado no braço, estou vestindo uma roupa ridícula e devo estar com uma cara tão saudável quanto a de um zumbi gripado. O que precisava mesmo neste exato momento era ficar invisível. Mas infelizmente os raios-gama da ressonância magnética não tiveram esse efeito. E nem me deixaram verde. Ou musculoso.

Finjo que tenho que ir ao banheiro e fico por lá uns minutos, sentado no vaso sanitário, esperando que a Diana e o Pedro vão embora. Já que não posso ficar invisível, pelo menos consigo evitar que as pessoas me vejam nesse estado lamentável. Fico pensando como seria engraçado pedir ao Giba um chapéu e óculos escuros, para poder andar pelo hospital e ter um pouco de privacidade - ou que pelo menos as pessoas parem de olhar para mim, provavelmente pensando: "Oh, coitadinho. O que será que ele tem?". De qualquer forma, o Giba demora uns dez minutos para vir me pegar, para variar.

"Giba, você sabe ainda quanto tempo eu vou ter que ficar pendurado nesse soro?"

"Não tenho certeza, mas acho que só mais uns dois ou três dias; aí você fica livre. Eu sei como deve ser um saco ter esse negócio espetado aí em você, mas encare como um mal necessário", ele diz, tentando me animar. "Logo, logo você vai ter uma história para contar para os seus amigos e vai achar graça de tudo isso."

"Graça eu acho meio difícil. Amigos que queiram ouvir histórias sobre doenças e hospitais também" respondo, mal-humorado.

Quando volto para o quarto vou direto para o oxigênio e fico uns quinze minutos arejando a cabeça, literalmente. Mais recuperado, vou até o banheiro e me olho no espelho. Definitivamente não consigo ver o que a Alice viu de tão especial, mas até que, com um chapéu marrom e um chicote na mão eu poderia sair por aí caçando relíquias, descobrindo tesouros enterrados ou derrotando múmias e ladrões de túmulos. Indiana *Jonas*, nada mal, hein?

Não sou muito de ficar me olhando no espelho, mas é estranho quando olhamos para o próprio rosto por mais de dez segundos. Já fez isso alguma vez? Olhar nos próprios olhos, tentando ver quem está ali? É engraçado como depois de um certo tempo, surge uma sensação de estranheza. Qual foi mesmo a palavra que ela usou - olhar "noturno"? Ou teria sido "sortido"? Não me lembro. Agora, me olhando atentamente nos olhos, não sei quem é esse garoto no espelho. Tá legal: a mente desocupada é uma merda.

Resolvo lavar o rosto, escovar os dentes e, com o pente que encontro no kit de conveniência do hospital, penteio o cabelo. É a primeira vez que penteio os cabelos com um pente (e não com os dedos), em muitos dias. Pelo menos agora pareço um garoto-zumbi minimamente apresentável e asseado. Volto para a cama, ponho de novo a máscara de oxigênio, sentindo um certo alívio em perceber a diminuição no chiado no peito. Quando me preparo para ligar a televisão, ouço duas batidas na porta. Estranhamente, desta vez ninguém entra logo após bater. Pela primeira vez desde que estou internado, vou conseguir ter algum controle sobre o acesso ao quarto: "Pode entrar...". Instantes depois sou tomado pela mais absoluta paralisia mental e física, quando vejo Diana entrar no quarto, sozinha.

21

Eu arranco a máscara rapidamente e me ajeito na cama, derrubando o controle remoto da TV no chão.

"Oi. Vim te fazer uma visita." Ela está com uma jaqueta lilás sobre uma camiseta vermelha desbotada, com alguma coisa escrita em russo sob o antigo logotipo da união soviética, e um jeans azul claro que parece feito sob medida de tão perfeito.

"Ah, oi. Pode entrar, eu estava só... Sei lá, entra aí...", digo, com meu habitual retardamento mental nessas situações.

"Legal seu quarto", ela diz, olhando ao redor enquanto pega o controle do chão. "Você não parecia muito bem hoje na fisioterapia. Então resolvi dar uma espiada em você. E aí, tudo bem?"

"Sim, é claro. É que acho que comi demais no almoço, então não me senti muito legal no exercício."

"Não tem ninguém aqui com você, quero dizer, seus pais ou algo assim?"

"Ah, mais ou menos. Meu pai deve vir ficar comigo logo mais, no início da noite."

"Legal." Diana chega até a lateral da cama. "Você estava no oxigênio quando eu cheguei, não vai me dizer que também tem bronquite..."

"Não. É... Bem, algo do tipo."

"Ei, se não quiser falar sobre isso, não tem problema", ela diz, dando de ombros e sentando-se na poltrona.

"Não, tudo bem. É um tipo de doença respiratória também só que... tem outro nome complicado. Você vem sempre visitar o Pedro?"

"Quase todo dia depois que saio da aula. Em que ano você está?"

"Nono. E você?"

"Primeiro do médio. Deve ser um problema ficar perdendo aula assim direto, não é?"

"Bom, até que eu me viro bem. Acho que só perdi essa semana e, bem, isso não acontece sempre. Para falar a verdade é a primeira vez que sou internado", respondo. Agora que posso olhar para ela com calma, percebo como Diana tem uma pele incrivelmente apessegada, olhos muito expressivos e um lindo cabelo castanho escuro, liso e comprido até um pouco mais que a altura dos ombros. Ela é realmente muuuito descolada. E - pasmem vocês - ela veio *me* visitar!

"Ah, você gosta de ler..." ela diz, indo até a cabeceira e espiando a capa do meu livro do Arthur Clarke. "Bem, isto aqui está parecendo livro de nerd, hein... você deve ser daqueles que curtem ficção científica, RPGs e games, estou certa?"

"Isso depende", respondo.

"Como assim?"

"Bem, depende do que você acha dos nerds..."

"Hah, essa é boa. Não tenho nada contra as pessoas que encontram coisas de que gostem e assumem isso. Além disso, ser nerd está na moda hoje em dia. Eu mesma sou meio nerd com qualquer coisa relacionada à música, quer dizer, principalmente no que se refere a tocar música."

"Sério? Deixe-me adivinhar, você tem jeito de quem toca... tuba!" digo meio zoando.

"Ei, a ideia até que não é má. Mas curto mesmo é violão e um pouco de guitarra."

"Você toca coisas tipo, deixe-me ver, mais para MPB ou, sei lá, Coldplay?"

"Não tenho uma preferência única. Gosto de coisas variadas. De Taylor Swift até Tim Maia. Minha mãe toca piano muito bem, então em casa ouvimos de tudo – inclusive música clássica. Meu pai toca um pouco de saxofone e adora Frank Sinatra. E o Pedro, bem, ele é a ovelha-negra da família porque não é ligado em nada além do Playstation, mas com exceção do Guitar Hero."

Meu Deus, do jeito que ela fala parece até aquelas famílias perfeitas de comerciais de tv: pai, mãe e dois filhos - todos simpáticos, educados e bonitos. Aposto que tomam café da manhã juntos. Comem sucrilhos, torradas, geleia de morango, requeijão e tudo mais. Depois, à noite, na hora do jantar conversam sobre como foi o dia de cada um.

Talvez joguem um jogo em família tipo, sei lá, Detetive ou Imagem & Ação. Ou então assistem a um filme na sala de tv. Quem sabe a mãe ou o pai os ajuda com a lição de casa. Na hora de dormir, desejam-se boa noite. Ou talvez os pais deem uma passadinha no quarto de cada um para dar um beijinho de boa noite. No final de semana saem junto para ir ao cinema, passear no shopping, tomar um sorvete e levar o cachorro para passear no Ibirapuera. Fico enjoado só de imaginar todas essas cenas na minha cabeça.

"Jonas?"

"Hã?" balbucio, despertando de um transe hipnótico.

"Você está bem?"

"Estou" digo, tentando não parecer um autista, embora de repente, tenha me sentido um misto de idiota com cachorro abandonado. "Olha Diana, para falar a verdade eu não sou nerd, não toco nenhum instrumento musical e também não vou passear no Ibirapuera com meu cachorro e minha família perfeita."

"O que? Certo. Bom para você. Bem, eu acho que já vou indo. A gente se vê por aí" ela diz, já se levantando e rapidamente saindo do quarto.

Não consigo dizer mais nada. Simplesmente não sei o que deu em mim. Será que a fibrose afetou o cérebro? Será que eu sou tão retardado à ponto de falar coisas sem sentido que acabaram de mandar embora do meu quarto a garota mais maneira que já conversou comigo por mais de vinte segundos? Será que eu fui tomado por uma força maligna que me faz dizer asneiras e, nesse caso, eu preciso mesmo da ajuda de um exorcista, ou eu sou simplesmente o maior imbecil da face da Terra? Como se não bastasse a minha vida estar uma merda, eu pego e, de propósito, pulo numa piscina mais cheia de merda ainda. Parabéns para mim...

22

Passei o resto da tarde remoendo o breve encontro com Diana. O que me faz pensar como, às vezes, é realmente duro ser eu. Quero dizer, ter meus pensamentos, falar as coisas que falo. Sabe que tem vezes que nem mesmo eu me aguento? Este é um desses momentos. Pela minha experiência, tenho só que sentar e esperar passar. Mas, de vez em quando, eu sento e parece que demora um pouco mais do que de costume. Não sei nem exatamente do que estou com raiva: de mim, da Diana, da FC, da vida... Nem mesmo sei se estou com raiva, medo, tristeza ou, sei lá, quais são os sentimentos mais estragados que uma pessoa pode ter?

Meu pai resolve aparecer no começo da noite. Será a primeira vez em semanas que vamos ficar um pouco juntos, só nós. Claro que seria inútil pedir conselhos à ele sobre como lidar com garotas, pois, digamos, esta não é a especialidade dele.

"Trouxe o notebook que você pediu. O MC te mandou lembranças e disse que instalou uns jogos para você se divertir um pouco", ele diz, colocando o computador na mesinha ao lado da cama. "Trouxe também uns filmes, caso você esteja a fim de ver: Blade Runner, 2001, Matrix e Contatos Imediatos do Terceiro Grau".

"Pai, esses filmes são meio velhos, né?"

"Ah, mas são os clássicos que você sempre gostou..."

"Eu sei, mas isso foi há, sei lá, um milhão de anos!"

"Certo. Então podemos fazer outra coisa. Lembra-se das charadas matemáticas que eu fazia com você?""

"É, lembro. Mas tudo bem, faz tempo que não vejo Blade Runner. Podemos ver esse se você quiser."

Meu pai é geek de carteirinha. Acho que puxei um pouco esse lado dele, uma vez que a minha mãe não tem o menor interesse por essas coisas. Ela está basicamente ligada no "aspecto prático" da vida, se você me entende. Ou seja, qualquer coisa relacionada ao que as outras pessoas estão pensando de você. Coisas como a maneira de se vestir, de se comportar, o que comer, quando fazer isso ou aquilo, em suma, tudo que a sociedade espera que você faça. Meu pai já é o contrário. Não liga a mínima para o que os outros pensam (com a exceção, possivelmente, do que pensam os seus colegas, os *cientistas-do-tempo*). Estou mais para o lado dele do que dela - mas é claro que, sendo um adolescente, não posso simplesmente parar de me preocupar com o que as pessoas acham de mim porque o preço a pagar por isso é muito alto.

Tem um cara na minha sala, o Cabeção, que provavelmente sente isso na carne. Outro dia apareceu na escola com um par de tênis velhos, de cores diferentes. Ele me disse que precisava expressar sua individualidade. Você pode imaginar o que aconteceu com ele, não é? Exatamente. Adolescentes sabem ser cruéis quando estão a fim de zoar alguém. O problema do Cabeção é que ele é reincidente: usa um penteado dos anos 1970, faz questão de beijar a mãe dele em público quando ela o leva à escola e é vegetariano! Sabe o que significa ser um adolescente vegetariano, sendo do sexo masculino? Ele parece não ligar muito em ser o centro das tirações de sarro da sala. Quase não conversa com ninguém e, no recreio, prefere ir à biblioteca do que fazer alguma normal coisa no pátio. Então é isso: o preço da ousadia e da independência é o isolamento. Não que eu seja exatamente um cara *popular*, longe disso. Para começo de história, sou o único que conversa de vez em quando com o Cabeção.

Então eu acho que procuro ficar no meio termo. Não sou popular - e acho que nem gostaria de ser, e também não sou, graças a Deus, o *esquisito* da turma. É claro que, se não fosse pelo Cabeção, possivelmente eu teria esse papel na sala. Por isso às vezes fico contente por ele estar lá: isso tira um pouco o peso das minhas costas e desvia a atenção na direção dele. Então, acho que me sinto um pouco culpado e converso com ele, sempre que possível.

Bem, voltando ao meu pai. Eu penso que, em resumo, sou mais parecido com ele do que achava. Quando ele volta do banheiro, eu me lembro que temos uma pendência que eu gostaria de resolver...

"Pai, eu quero te perguntar uma coisa muito importante...", eu começo.

"O que é, jo-jo?"

"O que você sabe sobre a fibrose cística?" pergunto, sem rodeios.

"Ah, isso...", ele senta-se na poltrona do quarto, tira os óculos e faz uma longa massagem no próprio pescoço, com os olhos fechados.

"Bom, em primeiro lugar, por que você está perguntando isso?"

"Por que eu vou morrer dessa merda, o que você acha?" eu respondo, mais agressivamente do que gostaria de ter feito. Meu pai fica paralisado: acho que nunca me ouviu dizer um palavrão ou me dirigir a ele desse jeito. Sinto meu rosto arder de vermelho e os olhos lacrimejarem.

"Pai, eu...".

"Não tem importância jo-jo", diz ele depois de se levantar e sentar na borda da cama.

"Eu não sei o que você andou lendo ou ouvindo, mas as coisas não são tão ruins como você está pensando".

 "Ah, não? Quer dizer que a expectativa de vida das pessoas que têm essa doença não é de 25-30 anos?"

"Estatísticas podem ser muito enganosas."

"Pai, pelo amor de Deus, você está falando como um cientista ou como um desses fanáticos religiosos?"

"Como cientista. Ouça jo-jo, eu já fiz minha lição de casa e estudei tudo que podia sobre isso. Descobri que os estudos de sobrevida da fc apresentam uma distribuição de probabilidade assimétrica com uma cauda longa do lado direito, com a mediana aparecendo bem antes da média".

"Ok. E isso significa que...?"

"Você já ouviu falar de um biólogo evolucionário chamado Stephen Jay Gold?"

"É claro, sou membro-honorário do clube dos biólogos revolucionários. Encontro com ele toda semana...".

"Preste atenção porque estou falando sério. Jay Gold foi um cientista muito conhecido e respeitado na área dele e, em determinado momento de sua vida, foi diagnosticado com um tipo de câncer muito raro, chamado mesotelioma abdominal."

"E ele morreu?"

"Bem, ele foi diagnosticado em 1982 e as estatísticas da época apontavam para uma sobrevida média de apenas oito meses após o diagnóstico da doença. Uma pessoa leiga interpretaria isso como uma sentença de morte: 'vou morrer em oito meses'. Mas não Jay Gold. Ele entendeu o real significado da palavra 'média': muitos vivem abaixo dela, assim como muitos vivem até bastante *além* dela. Você está entendendo o que eu quero dizer?"

"Hã-ham, acho que entendi. Mas ele morreu ou não?"

"Morreu em 2002, vinte anos depois do diagnóstico, de um outro tipo de câncer, não relacionado com o mesotelioma."

"Está dizendo que ele, por entender de estatística, viveu além das previsões?"

"Estou dizendo que ele resolveu não se entregar. Ele analisou corretamente os dados disponíveis na época e decidiu ficar no lado extremo direito da curva de sobrevivência. Agiu como um cientista, com a razão. E também agiu como um guerreiro: com coragem."

Uau. Preciso de um tempo para digerir isso.

23

Essa conversa toda com meu pai me deu muito o que pensar. Talvez eu esteja mesmo entendendo essa situação da maneira errada. Ou talvez ele esteja falando isso só para me animar, eu não sei. Assim que posso, peço para a atendente descobrir a senha da internet do hospital e conecto o notebook que meu pai me emprestou. Vejamos, primeira pesquisa:

Google: s-t-e-p-h-e-n-j-a-y-g-o-l-d

É verdade, o cara existiu mesmo! Ele escreveu um monte de livros sobre paleontologia e outras paradas. Vamos ver: pesquisar "m-e-s-o-t-e-l-i-o-m-a-s-t-e-p-h-e-n-j-a-y-g-o-l-d". Ok, tem aqui um artigo do cara: *a mediana não é a mensagem*. Ele começa: "existem três tipos de inverdades, cada uma pior que a outra: mentiras, mentiras descaradas, e estatísticas." Certo, gostei desse camarada. Leio todo o artigo e consigo entender boa parte do que ele diz. Gosto principalmente da parte em que ele fala do tal Nobel em imunologia que diz que a melhor receita para vencer o câncer é uma personalidade sanguínea. Eu não tenho câncer, mas o princípio deve ser o mesmo.

Terceira pesquisa:

Google: p-e-r-s-o-n-a-l-i-d-a-d-e-s-a-n-g-u-i-n-e-a.

Hummm. Teoria da personalidade sanguínea. Segundo essa teoria (*Ketsueki Gatá Seikaku Bunrui*) desenvolvida no Japão, as pessoas têm personalidades diferentes em função do tipo sanguíneo. Por isso, muitos mangakás e rpgs constroem seus personagens levando em consideração o tipo sanguíneo. Por exemplo, o tipo A é organizado e educado (por exemplo: Britney Spears, Adolf Hitler...), o tipo AB é disperso e sensível... Não, não pode ser isso. Vamos tentar outra coisa. Sinônimo de personalidade: temperamento, caráter.

Google: t-e-m-p-e-r-a-m-e-n-t-o-s-a-n-g-u-i-n-e-o

Bom, segundo Hipócrates, as pessoas podem ser sanguíneas, fleugmáticas, coléricas ou melancólicas. Hipócrates? Que espécie de nome é esse?

Google: h-i-p-ó-c-r-a-t-e-s

Certo. Filósofo grego considerado o pai da medicina. Zilhões de anos atrás. Teoria dos quatro humores corporais: sangue, fleugma, bílis amarela e bílis negra. E *temperamentum* vem do latim: a 'mente no tempo'. Catso. Ahá. Aqui está: a personalidade sanguínea é expansiva, otimista, emotiva e vive intensamente o presente. Já o fleugmático é sonhador, pacífico e dócil. Hummm. O colérico é ambicioso, dominador e explosivo e o melancólico é, bem, pessimista, solitário e rancoroso.

Bem, no meu caso, deixe-me ver... Não, definitivamente não sou colérico. Em geral não sou melancólico também. Isto é, talvez um pouco, agora.   Então eu acho que estou mais para fleugmático e sanguíneo. Não. Quem eu quero enganar? Não tenho nada de sanguíneo. A não ser o otimismo. Quero dizer, de maneira geral, só que não no momento. Então vejamos:

Google: m-u-d-a-n-ç-a-d-e-f-l-e-u-g-m-a-t-i-c-o-p-a-r-a-s-a-n-g-u-i-n-e-o

Catso ao quadrado. Nada, só blá-blá-blá. Vamos pensar um pouco. Como eu posso formular essa pergunta? Vamos tentar o seguinte:

Google: c-o-m-o-p-o-s-s-o-s-e-r-m-a-i-s-s-a-n-g-u-í-n-e-o-?

Ok, doação de sangue, dieta do tipo sanguíneo, menstruação atrasada. É... quem disse que o Google podia resolver todos os problemas? Estou pronto para continuar a conversa.

"Pai, você acha que eu posso ser mais sanguíneo?"

"Como é que é?"

"No artigo do Jay Gold, ele diz que as pessoas sanguíneas têm melhor chance de enfrentar as doenças graves."

"Eu não sei, jo-jo. Mas acho que você pode ser o que quiser, se realmente tentar com afinco."

"Pai, você disse que ele sobreviveu porque foi um cientista e também um guerreiro. E eu acho que não sou nem uma coisa, nem outra."

"Filho, preste atenção. Deixe que eu e sua mãe nos preocupemos com as questões técnicas da FC. Você está em tratamento com um bom médico. Não... um excelente médico, num ótimo hospital. Eu quero que você se preocupe apenas em ser um guerreiro, tá bom?" ele diz, enquanto me abraça.

24

Meu pai e eu assistimos *Blade Runner*. Tivemos que ver no notebook porque não tem aparelho de dvd no quarto. Isso tira um pouco da graça do filme, é claro. Mas é incrível como, apesar de eu já ter assistido a esse filme um monte de vezes, ele continua ótimo. Ainda por cima porque eu não tinha visto esta versão em particular, chamada de *final cut*. É muito legal porque fica sugerido no final que Deckard, o caçador de androides, também é um replicante, por causa do sonho que ele tem com o unicórnio.

O mais incrível de tudo isso é como a nossa percepção das coisas muda com o tempo. Ou com a situação. Lembro-me que quanto eu era pequeno e vi esse filme pela primeira vez, fiquei fascinado com os androides humanoides e todas as paradas tecnológicas e efeitos especiais. Depois, o que me prendeu foi o jeito sombrio do filme, que eu pensava que era uma ficção científica mas na verdade era mesmo um filme policial. Meu pai dizia: *"policial noir"*, seja lá o que isso signifique. Na penúltima vez que vi, fiquei intrigado com a ideia de ser difícil distinguir um ser humano de um android. No filme, eles têm que encontrar alguns replicantes fugitivos que visualmente são idênticos aos seres humanos. Não só visualmente, mas eles falam e agem como seres humanos também. Então eles aplicam um teste meio psicológico nos personagens para provocar reações emocionais e então determinar se o cara é humano ou androide.

O teste, chamado de Voight-Kampff, consiste de umas vinte perguntas completamente malucas. Uma delas é assim: você está andando sozinho no deserto e encontra uma tartaruga andando em sua direção. Você se abaixa e vira a tartaruga de barriga para cima. A tartaruga fica meio desesperada porque a barriga dela não tem proteção contra o sol e ela então fica agitada tentando se desvirar para não morrer assada. Ela não consegue se desvirar se você não a ajudar. E você não ajuda. Por que?

Lembro-me de ter passado semanas pensando em possíveis respostas para essa pergunta: 1) Por que estou com fome e pretendo comer tartaruga assada (muito cruel, coitada!); 2) Por que sou cego e virei a tartaruga sem querer; 3) Por que estou delirando de sede e pensei que a tartaruga fosse um tapete persa; 4) Por que não existem tartarugas no deserto, então aquele ser só podia ser um invasor alienígena que assumiu a forma de uma tartaruga, numa tentativa estratégica de invadir o nosso planeta etc. Pensei em mais de trinta respostas, mais malucas que a própria pergunta!

Mas a pior pergunta do teste era mesmo a última: "Diga apenas boas coisas que lhe vêm à cabeça quando pensa em sua mãe". O replicante Leon, quando se submete ao teste e chega a essa pergunta, perde a cabeça e assassina o entrevistador à tiros. E eu ficava imaginando se passaria no Voight-Kampff...

Hoje, ao assistir o filme novamente, duas outras cenas me chamaram muita atenção. Na primeira, o dr. Tyrell, o cara que criou todos os androides, está falando com uma de suas criações mais perfeitas, o replicante foragido Roy. O robô invade a casa do doutor porque sabe que está morrendo e quer que o criador altere sua programação genética para que ele possa viver mais tempo. Então o dr. Tyrell diz que não é possível fazer nada e fala uma frase incrível: *'a luz que brilha o dobro, arde a metade do tempo'*. Então o replicante o beija e, em seguida, esmaga lentamente a cabeça do seu criador.

A segunda cena que me deixou pirado foi aquela, perto do final, quando, no topo do prédio, na chuva, depois de uma luta desigual em que Roy dá uma surra no policial Deckard, o androide percebe a proximidade da morte. Aí ele diz algo sobre já ter visto coisas inacreditáveis nessa vida, como isso, aquilo e aquilo outro (não lembro exatamente o que). E, segundos antes de morrer, ele fala: 'e todos esses momentos se perderão no tempo; como lágrimas na chuva... Hora de morrer'. E então ele simplesmente apaga, morre.

Então é isso. Não é uma ficção científica sobre androides, nem um filme policial *noir*. Acho que é um filme sobre outra coisa...

25

São 6h30 da manhã. Acordo com meu pai se arrumando para ir para o trabalho. Hoje é quarta-feira e faz exatamente uma semana que estou internado. Quatro dias e meio na UTI e três dias de quarto. O tempo passa devagar.

"Pai, você não pode ir trabalhar mais tarde, hoje?" eu pergunto, ainda bocejando de sono.

"Puxa, jo-jo. Eu acho que esqueci de te contar. Não fique chateado, mas eu tenho, tenho mesmo que ir à Porto Alegre. É o congresso da *World Meteorological Organization* e eu vou dar uma conferência sobre modelos matemáticos para a previsão de tempestades tropicais."

"Ah, certo, tudo bem. E você volta quando?"

"Na sexta-feira à noite estou de volta e venho direto para cá, está bem? Hoje à noite e na quinta, sua mãe virá ficar com você. Eu prometo que vou te ligar todos os dias."

Meu pai sai um pouco antes das 7h00. Logo chega uma atendente com o café da manhã: torradas, geleia de tangerina, café com leite, uma maçã e fortini de morango com granola. Meu Deus, que sono. Dra. Talita, a nutricionista chega meia-hora mais cedo para perguntar o que quero almoçar. Desta vez sacaneio com ela: filé de linguado à *la belle meunière*, acompanhado de batatas *sautée*. E, para harmonizar, uma taça de vinho branco *Chardonnay Meursault*, safra 2007 (fiquei um tempão pesquisando um cardápio digno na internet, e a foto desse aí me pareceu irada). Ela olha para mim, com uma cara meio desolada. Diz que posso escolher entre opções mais modestas como arroz, bife, omelete, salada, purê e outras paradas como essas. E, para beber, tchan, tchan: sustagem de baunilha ou fortini de morango! Uau!

Aproveito a janela de sossego e volto novamente para a internet. Hora de pesquisar sobre a Diana. Então vejamos. Como era mesmo o sobrenome do Pedro? Delmare ou Delmarre? Então vamos pesquisar:

Google: d-i-a-n-a-d-e-l-m-a-r-e

Zibtz. Niente.

Google: d-i-a-n-a-d-e-l-m-a-r-r-e

Ahá. Ela tem Facebook. Então vejamos. *'Diana Delmarre somente compartilha algumas informações publicamente. Se você conhece Diana Delmarre, envie uma solicitação de amizade ou uma mensagem'*. Ok. Vamos tentar o *Mural*. Nada. *Informações*. Gênero feminino. Grande novidade! *Fotos*. Nada. *Amigos*. Humm. 395 amigos: até que não é muito. Que merda. Bem, deu para ver que ela é uma garota bem reservada. Vamos por outro caminho, então.

p-e-d-r-o-d-e-l-m-a-r-r-e

Também está no Face. Certo, *blá-blá-blá envie uma solicitação blá-blá-blá*. Vamos ver *Fotos*. Yes! Dá para acessar algumas das fotos que o Pedro postou no facebook. *Minha coleção de Hotwheels.* Meu Deus, quem ainda brinca com isso??? *Fotos do Hopi Hari.* Blá-blá-blá. *Família.* E aqui está! Eu não acredito: três fotos. Só uma com a Diana e, mesmo assim, de longe. Que irmão desnaturado!

Bom, acho que ficaria ridículo eu mandar um convite para ela no Facebook. E se eu enviasse um e-mail com um pedido de desculpas? Ok, mas o que eu escreveria? "Diana, desculpe-me por ser um idiota...". Péssima ideia.

São 9h00. O Dr. Bogert, ao invés de passar a visita pessoalmente, manda um assistente. O cara faz as perguntas de praxe e vai embora em três minutos. Quase uma hora mais tarde, quando saio para a sessão de fisioterapia matutina, dou uma espiada no quarto da Alice. A porta está entreaberta, mas não dá para ver muita coisa além de um novo vaso de flores bem amarelas.

Na fisio, a Dra. Denise resolve fazer uns exercícios diferentes. Primeiro me faz encher uma dez vezes uma bexiga, igual a essas de festa de aniversário. Nas últimas vezes parece que escalei o Himalaia, de tão ofegante que fico. Depois me enche de batidas e soquinhos nas costas, o que até que é gostoso. Daí vem a parte do aperto que eu detesto e que me faz catarrar até a alma. Ela me permite descansar dez minutos e me faz sentar de frente para um computador. Coloca uma espécie de "prendedor de roupas" no meu nariz e me coloca um tubo branco na boca, que parece uma chupeta grande. Esse tubo é ligado numa mangueirinha que vai até um aparelho estranho que, por sua vez, está ligado no computador. Na tela toda azul do computador, de um dos lados, tem um bonequinho muito, mas muuuuiito mal desenhado em posição de "corrida". Do outro lado da tela tem um poste com uma bandeirinha vermelha. Quando eu assopro o tubo, o bonequinho se mexe em direção à bandeira. Só que eu tenho que fazer muita força, senão o bonequinho quase não se mexe.

Depois de testar o negócio algumas vezes, ela me diz que faremos um teste de função pulmonar. Quando ela der o sinal, eu tenho que assoprar a chupeta com toda força que puder e impulsionar o bonequinho até a bandeira. Ela então grita: "Vamos lá Jonas. Agora!" e eu dou tudo que tenho naquele bocal, lembrando que tenho que ser um guerreiro. Imagino que estou tocando a tuba que convoca todas as tropas em direção ao exército inimigo: se não for convincente, meus homens não atacarão com toda a energia. Sinto até minha alma saindo por aquela mangueira.

"Shiiiiiiiiiiiiiiiiiiiiiiiiiiiiiiiiiiiiiiiiiiiiiiiiiiiiiiiiiiiiiiiich".

Para minha decepção, o bonequinho corre, com muita dificuldade, até pouco menos de um terço do caminho até a bandeira. Descanso um pouco e tento novamente e novamente e mais uma vez, mas, com resultados cada vez piores, pois vou ficando sem forças.

"Quando o bonequinho alcançar a bandeira, você fica livre de mim, Jonas. Não antes disso. Amanhã tentamos de novo..."

Certo. E essa é, sem dúvida, uma grande
motivação.

26

Depois do almoço (nem sinal do linguado à *belle meunière*), Giba me acorda da já tradicional siesta em que me recupero da tortura pulmonar. Desta vez não tive sonhos malucos. Aliás, não tive sonho nenhum.

"Boas notícias para você Jonas-brô. Vamos tirar seu soro. De agora em diante, só medicação oral" ele diz, sorrindo. Eu não via a hora de poder me livrar daquela agulha que passou espetada quatro dias num braço e o resto do tempo no outro. Isso sem falar no cabide e na bolsa de soro que tenho que carregar para cá e para lá o tempo inteiro, inclusive no banho. Quando ele tira os esparadrapos que protegem a agulha, dá para ver que a pele está toda roxa. Ele tira a agulha, limpa o local cuidadosamente com álcool e faz um outro curativo, desta vez bem menor, no lugar do anterior.

"Ah, agora você está conectado é?" ele pergunta, vendo o notebook na mesa lateral. "Então quando tiver um tempinho saca só meus vídeos tocando oboé. Procure por GibaMonster no youtube."

Depois que ele sai, pego o notebook e, de curiosidade, acho um vídeo do Giba tocando uma música muito maneira, que eu acho que deve ser clássica. O oboé parece uma flauta preta e comprida, com um monte de botões de metal e um som mais para o agudo. A música que ele toca não combina muito com o nome artístico "GibaMonster", que de *monster* não tem nada... Num outro vídeo ele toca uma música do Elvis, *"I've lost you"*, junto com outro cara no teclado. Mas o melhor, de longe, é um em que ele toca um tal de *Samba de Berlim*. O vídeo do samba termina e aí aparece a propaganda de um endereço da internet. Quando eu clico nele descubro um blog chamado *Trivial Globes*.

Trivial Globes

Por Gabert Livi Sol (ou *Eu* por *Eu Mesmo*)

Faço Porque: *Ser feliz sem motivo é a mais autêntica forma de felicidade.*
Carlos Drummond de Andrade

Hoje eu me lembrei de Clara

Lembrar seus carinhos
Debaixo do pomar
Intangíveis perfumes
Me apetece roubar

Lembrar que ela foi
Seda e neve como sempre
Um espaço fértil
Na tenra mente.

Borboletando

Hoje no trabalho tive um devaneio, desses que chamo carinhosamente de *volare*, como em "*penso che un sogno cosí non ritorni mai più*". Aí, borboletando entre um quarto e outro do hospital, me lembrei de Clara. E fiz um poema para essa lembrança. Hoje à noite vou tocar a poesia com meu oboé. E vou sonhar o *sogno che non ritorni mai più*.

Caramba! O Gilberto é poeta... Não entendi muito bem a parte em italiano que ele escreveu – apesar do meu pai falar umas paradas em italiano de vez em quando, eu não entendo muito da língua. Só o básico, tipo *cannelloni, lasagna, prosciutto* e *bruschetta...* Ou seja, praticamente *niente*. E catso, é claro, *Catso.* Quando ele volta, a primeira coisa que pergunto é sobre o tal blog.

"Achei nota dez os seus vídeos. E o seu blog também. Mas por que você deu o nome de *Trivial Globes*?"

"É um anagrama", ele responde.

"Um o que?"

"Um anagrama é uma palavra ou frase formada a partir da recombinação das letras de outras palavras. *Trivial Globes* é o meu nome, Gilberto Silva, com as letras recombinadas."

"Irado cara. E aposto como o *Gabert Livi Sol* também é você de novo, recombinado..."

"É isso aí, mandou bem."

"Tá legal. E quem é a Clara?"

"Ah, isso é uma outra história que qualquer hora eu te conto, bro."

"Deve ser uma pessoa bem importante para você ter feito uma poesia só para ela, hein...?"

"É."

"Ok. Qualquer hora você me conta então. Mas pelo menos me diz por que fez um anagrama e não usou seu nome mesmo..."

"Jonas-brô, um dos baratos da vida é se reinventar o tempo todo. Você nunca ouviu o Raul Seixas não?

"Nunca ouvi falar..."

"Então baixa uma música dele aí no seu computador: ´metamorfose ambulante´. Depois você me conta o que achou. E agora tenho que ir antes que a Otsuka me recombine em suco de jaca. Venho te buscar às quatro para mais uma partida do campeonato mundial de beisebol."

27

Gostei dessa ideia do anagrama. Será que o meu nome daria um anagrama legal? Achei na rede um programa que pega o nome da pessoa e gera um bocado de recombinações, em diversas línguas. E Jonas Vento virou:

Jansen Voto

Tave Jonson

Jason Vento

Janos Vento

Jovan Stone

Van Joosten

East Von Jon

Aston Nev Jo

Joann Stove

Santo Venjo

E mais de 470 outras combinações, muitas delas bem interessantes. Gostei do East Von Jon. Parece nome de *cowboy* do velho oeste mas, como sou descendente de italianos, ficou mais para aqueles spaghetti westerns do Clint Eastwood. Ou pior, como naquele desenho do Rango. Nesse desenho, o Rango é um camaleão da cidade que vai parar numa cidade do velho-oeste. O engraçado é que ele, por ser um camaleão, não sabe quem de fato é, ou no que deseja se transformar. Então, já que pode ser qualquer coisa, resolve ser o xerife-herói da cidade, mesmo tendo vivido toda sua existência num aquário.

É mais ou menos como no meu caso: de repente eu podia ser mesmo o East Von Jon. Ou então o Jason Vento, irmão quase-gêmeo do Jason Bourne, o agente renegado da CIA. Quem sabe a Alice tem razão e eu posso virar Van Joosten, o explorador de cavernas, pirâmides e tumbas incas e astecas. Ou, num pensamento mesmo radical, eu poderia me recombinar num menino saudável, com uma família normal, o Jonas Vento mesmo. É isso: mantenho o nome e mudo o corpo. Mais alto, mais forte, temperamento sanguíneo, pulmões de corredor, pâncreas de... sei lá, quem tem um pâncreas irado?

É, caramba. Mas não dá para mudar o corpo, pelo menos não de um dia para o outro. Então podia pelo menos mudar o nome mesmo. Só que eu já estou muito acostumado com o meu nome. Não me vejo sendo chamado de, sei lá, Marquinhos ou Arthur. Embora, se você pensar bem, isso é um negócio meio arbitrário porque a coisa mais pessoal, mais importante sobre uma pessoa é o seu nome. E isso a pessoa não pode escolher. Isso é absurdo.

Eu acho que, ao nascer, as pessoas deveriam receber um número ou então um nome provisório. Quando fazem, sei lá, uns seis ou sete anos, poderiam escolher o seu verdadeiro nome, de acordo com seu gosto pessoal. Então, tipo, até os sete anos você é o número 57.814. No dia do seu aniversário, muda para Rogério. Ou Jonas. É, Jonas até que é um nome bem legal (o que não gosto muito é do Vento, mas é de família, fazer o que...).

Isso me lembra uma vez quando eu estava com meu pai na universidade e apareceu uma aluna que queria se candidatar a fazer o mestrado com ele. Foi muito engraçado. A coisa rolou mais ou menos assim:

"Dr. Andrea, muito prazer em conhecê-lo. Eu li todos os seus artigos e conheço tudo sobre as pesquisas do seu departamento", ela disse, enfiando a cabeça por uma fresta na porta da sala dele.

"Ah, entre por favor, srta..."

"Mariângela. Mariângela Toth".

"Muito prazer Mariângela Toth. E este é o meu filho, Jonas."

"Ah, que gracinha o seu filho. Muito fofo ele."

(Bem, como você já me conhece, já deu para entender que eu já não fui nada com a cara dela...)

"Então Dr. Andrea, eu me formei nisso, naquilo e naquilo outro. E blá-blá-blá daqui e blá-blá-blá de lá" (não me lembro nada dessa parte da conversa...).

"Isso é bem interessante. Mas diga-me uma coisa, como é essa história do seu sobrenome, *Toth*?"

"Sabe que o senhor é a primeira pessoa que me pergunta isso? Na verdade eu não tenho ideia, a não ser que é alguma coisa húngara ou talvez búlgara, não sei ao certo, lá dos meus bisavós..."

"Hum. Húngaro você diz. Sabia que Toth também foi um deus egípcio?

"Não brinca...", disse ela.

"Pois é. E te digo mais: era considerado o deus da sabedoria e aquele que trouxe a escrita, a matemática e todas as ciências para os homens".

"Não brinca..." repete ela, agora de boca aberta e com uma cara meio abestalhada.

E aí, obviamente, o meu pai deu uma aula de mitologia egípcia para a garota, que ficou um pouco assustada e acho que nunca mais voltou. Pensando bem, talvez ela tenha ficado é envergonhada por não saber nada sobre o próprio nome. Eu pelo menos sei que Vento significa... vento. Por outro lado, sou tão ignorante quanto ela no quesito "jonas", tirando o lance do cara que ficou na barriga da baleia. Tá legal, uma última pesquisa antes de me preparar para a fisioterapia da tarde:

Google: j-o-n-a-s-s-i-g-n-i-f-i-c-a-d-o-d-o-n-o-m-e

Origem: do hebraico *Yonah* (pomba). Significado: Pessoa capaz de atravessar as piores crises com paciência, tranquilidade e resignação. Apaixonado pela vida. Autoconfiante e otimista, não desiste de lutar por seus projetos nem mesmo quando as dificuldades parecem insuperáveis.

Uau. Ok, tá legal, entendi a mensagem. Acho que vou ficar com Jonas Vento mesmo.

28

O Gilberto vem me buscar no horário e me encontra ainda enrolado com as pesquisas na internet. Estava acabando de ouvir a música que ele tinha sugerido: metamorfose ambulante do tal Raul Seixas. Achei meio esquisita. Legal, mas esquisita. Na letra da música ele fala:

Eu prefiro ser essa metamorfose ambulante

Do que ter aquela velha opinião formada sobre tudo

Eu quero dizer agora, o oposto do que eu disse antes

Eu prefiro ser essa metamorfose ambulante

Do que ter aquela velha opinião formada sobre tudo

Sobre o que é amor

Sobre o que eu nem sei quem sou

Se hoje eu sou estrela

Amanhã já se apagou

Se hoje eu te odeio

Amanhã lhe tenho amor

Nunca fui ligado em letra de música e muito menos em poesia. Pelo contrário, achava ridículo quando, principalmente as garotas da minha sala ficavam escrevendo letras de música em seus cadernos. Uma vez peguei um caderno emprestado da Priscila (obviamente os melhores cadernos para você pegar emprestado quando perde a matéria por qualquer motivo são sempre os das meninas). O caderno dela era um absurdo romântico-açucarado: tinha letra do George Michael, do Depeche Mode e do Oasis. Todas variações sobre um mesmo assunto: a) você destruiu meu coração; b) eu destruí seu coração e agora estou arrependido; c) só penso nele, mas ele gosta de outra; d) ele só pensa em mim, mas eu gosto de outro; e assim por diante. Elas dizem que é para treinar o inglês, mas eu não caio nessa. Por que não treinam o inglês com filmes com legenda em inglês, como eu?

"Bro, larga logo isso daí que nós estamos atrasados" diz ele, interrompendo minhas reflexões. Eu guardo o notebook e peço para ele me deixar ir andando até a fisio, mas o Giba não topa porque senão vamos demorar o triplo do tempo. Me chamou de lerdo na cara dura.

"Giba, esse tal Raul Seixas fazia que tipo de música, exatamente?"

"Principalmente rock. O Raul não era só um cantor: era um filósofo. As músicas que ele compunha e cantava eram uma piração cheia de ideias e mensagens ocultas."

"Sério?"

"Sério. Depois eu te gravo um CD com uma seleção especial, porque tenho tudo dele em casa. Você vai pirar na ´Sociedade Alternativa´ e no ´Ouro de Tolo´, que, na minha opinião, são os lances mais profundos já escritos na história do rock."

Quando chegamos (atrasados!) na fisioterapia, já está todo mundo fazendo os exercícios nos videogames. Eu me posiciono e, enquanto espero o jogo de beisebol carregar, dou umas olhadas discretas para o lado para ver se a Diana está por ali, mas não há sinal dela. Faço um aceno para o Pedro, que está na outra ponta da fila de "jogadores".

Bom, melhor assim. Pelo menos posso me concentrar no jogo. E a meia-hora até que passa rápido, me deixando a impressão que eu aguentaria mais uns dez minutos. Na hora de ir embora, consigo falar rapidamente com o Pedro.

"E aí Pedro, tudo beleza?" e etc. e tal. O que eu realmente quero perguntar é sobre a irmã dele, mas, como sou eu, "Jonas-o-enrolado-quando-isso-envolve-garotas", primeiro tenho que dar a volta ao mundo para tocar no assunto. Quando, finalmente, consigo perguntar, ele responde: "Ela disse que tinha um encontro com um amigo esta tarde; eles iam estudar para uma prova amanhã, ou algo assim". Foi como um soco no estômago. Ou uma pancada nos joelhos, porque eles ficaram meio bambas nessa hora. A enfermeira veio buscá-lo nessa hora, então eu não tive tempo nem de dizer: "Ahh". Aí fiquei lá, parado, com cara de pastel, abestalhado como a Mariângela *Toth*...

Então é isso. É oficial: eu sou um abestalhado mesmo. É lógico que uma garota linda e maravilhosa como aquela já tem namorado, o que eu estava pensando? E como pôde passar pela minha cabeça estúpida que um ser especial como ela se interessaria, nem que fosse de leve, por um fibrótico-asmático-batráquio como eu???? Um cara que não é capaz de praticar nenhum esporte, não toca nenhum instrumento musical, tem estatura abaixo da média, músculos de uma criança de onze anos, pulmões e pâncreas estragados, vesgo e... Bom, tá legal, não sou vesgo. Era só o que me faltava.

E lá fico eu, desolado e estatelado na cadeira da sala de espera da seção de fisioterapia esperando o Gilberto vir me buscar. Dez minutos, vinte minutos. Meia-hora. O pior é essa sensação de impotência de sequer ter independência para andar até o próprio quarto. É estranho pensar como a minha vida estava até que normal, duas, três semanas atrás. E, sem aviso, você é jogado numa terra-de-ninguém, um mundo novo em que não se conhece direito as regras. Uma terra em que te enfiam tubos pela boca, te espetam, te apertam, te vigiam e, para coroar a cerejinha do bolo, espremem seu peito até sair "suco de jonas". Talvez as meninas da minha sala na escola tenham razão com seus cadernos cheios de músicas fossolentas. E este é mais um jogo que eu, definitivamente, não sei jogar.

29

Quarenta minutos de chá de cadeira. Desta vez o Giba extrapolou mesmo. Ou vai ver que esqueceu de mim aqui. Cinquenta minutos. Eu chego à conclusão que consigo andar até o quarto. Não estou preso mais ao soro, então não vejo problema em ir caminhando mesmo. Pelo menos recupero um pouco de controle sobre a minha vida. Além do mais, isso não é a escola, então o que eles poderiam fazer? Me mandar conversar com o "diretor do hospital"? Dane-se, vou andando.

Pego o corredor comprido e vou indo na direção oposta daquela pela qual cheguei. Como não estou mais com aquela camisola ridícula, não chamo tanto a atenção. Fora a pulseira de identificação no meu pulso esquerdo, acho que nem pareço um paciente internado. Passo por uma espécie de posto de enfermagem, mas, felizmente, a moça que está na bancada encontra-se muito ocupada digitando algo num terminal de computador, então nem nota a minha presença. Pego o corredor da esquerda, e no final deste, o da direita. Portas, portas e mais portas, algumas com placas indicando alguma parte maluca do hospital (como "artroscopia" e "traumatologia buco-maxilo-facial"), e outras sem nome nenhum.

Caramba. Prestei muita atenção a como *vir* para a fisioterapia, mas na volta, como estou sempre cansado, nunca me liguei no caminho. Já devia ter chegado no elevador que me levaria ao andar em que mudo de ala, na direção do bloco no qual ficam os quartos dos pacientes. Chego a outro elevador, que não é o que normalmente o que pegamos, mas que provavelmente deve dar no mesmo lugar.

Ops. O elevador abre e percebo que não é o mesmo lugar. Passa uma enfermeira apressada por mim e não tenho nem a oportunidade de perguntar nada. Vamos ver, tenho que me orientar. Sabe aqueles filmes em que a polícia vai invadir o prédio e daí o capitão fala: "você e você cubram a saída oeste. Vocês aí cerquem o portão sul..." e coisa e tal? Bom eu sempre ficava me imaginado como policial e não tendo a menor noção de onde fica a saída oeste ou o portão sul sem placas indicativas ou pelo menos uma bússola. Mas é incrível como, nos filmes, ninguém fica em dúvida e rapidamente os caras vão na direção certa!

O Santa Clara é um hospital imenso e os corredores são todos meio parecidos. Depois de andar mais um pouco, encontro outro elevador e resolvo voltar ao andar que estava originalmente. Quando as portas se abrem, um atendente empurra uma maca com um senhor de idade dormindo. Eu seguro a porta e entro em seguida. É daqueles elevadores gigantes, em que cabem até macas e que têm duas portas. O problema é que, além dos números dos andares, têm também botões com letras que não fazem o menor sentido, como "L", "CB" e "B". Quando chegamos ao andar em que eu achava que estava, a porta que abre é a outra, atrás de mim. Acho melhor sair do que ficar feito um paspalho andando de elevador a esmo. Mas, para meu azar, embora seja o andar correto, o lugar não me parece nada com os corredores próximos à fisioterapia. Desta vez é um corredor vazio, sem pacientes nem outros funcionários do hospital à vista. Continuo andando por ele até encontrar uma porta dupla, no meio do corredor. Passo por ela e só consigo ouvir um barulho de maquinário do outro lado das paredes. Se o Santa Clara fosse um submarino, isso deveria ser a "sala das máquinas". Mas pelo cheiro de água sanitária misturada com desinfetantes, deve ser a lavanderia do hospital. Viro à esquerda no final desse corredor e vejo algumas caçambas com roupas de cama dentro.

Ok, estou oficialmente perdido. E o cansaço começa a bater. Deve fazer muito tempo que não ando tanto. Por causa do calor do lugar, começo também a suar e ter um pouco de dificuldade para respirar, mas nada que me impeça de continuar andando. O barulho das máquinas é bem alto, mas acho que ouço uma campainha de telefone em algum lugar. Paro para escutar melhor, mas não ouço nada além do ruído monótono e constante dos equipamentos que, imagino, devam ser enormes.

Finalmente encontro a entrada da lavanderia, logo após as caçambas. Passo direto por ela, porque certamente não estou com vontade de lavar roupa. Além disso, o cheiro forte de produtos de limpeza está me dando náuseas, então continuo pelo corredor até ver uma nova porta-dupla, com um sinal em cima: Prédio 5. Assim que passo pela porta, ouço os funcionários do hospital (ou pelo menos acredito que sejam funcionários) falando alguma coisa atrás de mim e, pelo barulho, empurrando as caçambas pelo corredor. Acho melhor não voltar e perguntar nada porque senão vão querer saber o que eu estou fazendo ali e eu não quero dar uma de tonto e ter que explicar que me perdi. Resolvo ir em frente e procurar uma saída daquele lugar. Acho que o Giba me falou alguma coisa do prédio 5, mas não me lembro o que.

No final do corredor, dá para ir para as duas direções. Resolvo pegar a direita e vou parar, depois de uns vinte metros numa porta escrito "Manutenção". Tem uma janelinha de vidro na porta, então dou uma espiada e vejo o que parece ser uma sala enorme e mal-iluminada, cheia de macas, cadeiras de rodas de ponta-cabeça, aparelhos desmontados e mais um monte de tranqueiras, a maioria empilhada. Esse lugar me lembra muito alguns dos depósitos de aparelhos quebrados que vi na universidade em que meu pai trabalha. Tento entrar para olhar melhor, mas a porta está trancada, então volto pela direção oposta.

Passo pela bifurcação na qual tinha entrado e consigo enxergar que, mais à frente, tem uma placa verde da parede, mas não dá para ver o que está escrito até chegar mais perto. Esse corredor é bem diferente dos outros: parece que é mais antigo e mal cuidado, com lâmpadas fluorescentes junto à parede da esquerda, no alto e, na outra parede, no lugar das lâmpadas, dezenas de metros de entradas de ar-condicionado que, pelo visto, não estão funcionando muito bem pois o lugar é quente e malcheiroso. Esse corredor é enorme e dá para ver em algumas partes do teto, bolor e marcas esverdeadas de infiltração e umidade.

Finalmente consigo ler a placa: "Necrotério".

30

Eu não acredito que vim parar aqui, como no sonho que tive na outra noite. Minha primeira reação é de voltar correndo e tentar refazer o caminho até o elevador. Mas aí, só de me passar pela cabeça a ideia de correr, já fico ofegante. Bom, já que estou aqui, por que não tentar dar uma espiada? A porta provavelmente está fechada, mas como a porta da manutenção, tem uma janelinha de vidro nela. Olho nas duas direções do corredor e presto atenção para ouvir algum ruído, mas não ouço nada. Fico parado no meio do corredor, esperando o bom senso voltar a funcionar. Mas a curiosidade é mais forte e então resolvo ir em frente.

Quando alcanço a porta da entrada do necrotério, percebo que há também uma porta lateral, também com uma janelinha de vidro. Mas não dá para ver nada, pois está tudo escuro lá dentro. Pelo vidro da porta principal dá para ver a sala, bastante comprida e com azulejos brancos que vão até o teto. Ao longo de toda a parede do lado esquerdo tem uma bancada metálica, com quatro pias, mais ou menos de três em três metros. Há macas metálicas que se projetam das próprias pias. Na última mesa, no fundo da sala, parece haver um corpo coberto por um lençol. De repente ouço vozes lá dentro, vindas do lado que não consigo enxergar.

"Vá buscar este paciente no 612. Eu vou ver o que o Dr. Arruda quer e volto para cá em quinze minutos", diz uma das vozes.

Abaixo-me imediatamente, enquanto ouço um ruído agudo de roda enferrujada vindo na direção da porta. Fico desesperado pois a porta vai abrir a qualquer instante e, evidentemente, eu jamais deveria estar ali. O barulho para por um instante, bem do outro lado da porta. Olho para a direita e tenho a ideia de tentar me esconder na sala lateral. Pulo até lá e, para minha sorte, a porta não está trancada. Entro, tentando não fazer barulho algum. Pelo canto do vidro vejo uma maca vazia sendo empurrada por um cara alto e moreno, usando um avental marrom. Atrás dele, passa outro cara, gordo e baixinho, desta vez com avental branco. Espero eles atravessarem o longo corredor, enquanto tento ver o que tem no lugar que acabei de entrar. Pelo pouco que dá para enxergar, parece um depósito com diversas estantes com caixas e outras tranqueiras.

Quando percebo que os caras estão longe, fico quieto escutando para ver se ouço mais alguém na sala principal. Como não tem barulho nenhum, saio silenciosamente e dou uma nova espiada pela janela da porta do necrotério. Cheguei até aqui: então vou entrar... E dane-se o medo que estou sentindo neste momento. Repito comigo mesmo: sou um explorador. Sou um guerreiro explorador... Movo a porta e enfio a cabeça por ela – agora consigo ter uma visão completa da sala. Do lado direito, há mais duas outras portas com janelas de vidro: foi de lá que eles vieram.

Um arrepio me percorre toda a espinha enquanto me lembro que nunca, jamais, fui sequer a um velório. Lembro-me de terem me levado, quando tinha uns oito anos, ao enterro do meu avô, que todo mundo chamava de *nonno* Giulio. Eu não tinha muito contato com ele porque o *nonno* morava em outra cidade. E também não vi o corpo nem nada, porque no enterro o caixão estava fechado. Então não tenho nenhuma experiência com isso – fora, é claro, aquele filme "Conta Comigo", no qual um bando de garotos fica obcecado para ver um corpo na floresta e então eles passam o filme todo atravessando as maiores aventuras só para ver o tal corpo, que era o de um outro garoto acidentado. Deve ser alguma espécie de fixação adolescente, querer ver um cadáver de verdade, ao mesmo tempo que não queremos ver nada. Pelo menos não um corpo de alguém conhecido...

Aí tive outro flash de memória, desta vez da aula de laboratório de biologia. O professor Marcos, aliás um cara muito legal, nos mostrou um cérebro em tamanho natural, que ele tirou de um vidro com formol. Foi a aula de biologia mais interessante que já assisti. Mas o que me marcou mesmo foi que quase no final da aula, eu e o meu grupo ficamos por um momento cuidando do tal cérebro, que estava na bancada. Eu não sei bem o que me deu na cabeça naquele dia, mas resolvi cutucar o cérebro com o lado da ponta de borracha do meu lápis. Para mim, aquele cérebro não era de verdade, era como um modelo feito de massa de modelar: então enfiei o lápis uns dois ou três centímetros dentro do cérebro e, para minha surpresa, o lápis afundou, como se eu estivesse enfiando ele numa almôndega ou coisa parecida. A consistência era igualzinha! Daí o Roberto, meu colega naquela época me disse: "Cara, cê tá maluco? Está estragando o cérebro de uma pessoa morta!" Foi aí que me caiu a ficha: aquele era um pedaço de uma pessoa; uma pessoa de verdade que usava aquele treco para pensar! E eu estava furando aquele cérebro, o cérebro de uma pessoa, ou alguém que já foi uma pessoa, sei lá...

Essa coisa mórbida ficou na minha cabeça meses a fio. E eu ficava imaginando se tivesse enfiado o meu dedo, ao invés do lápis. Bom, graças a Deus o professor não percebeu nada e o Beto também não abriu o bico, mas aquilo meio que me marcou, não sei bem porquê.

Então eu tomo coragem e entro na sala. Espio pelo vidro da primeira porta lateral e vejo um outro ambiente que tem, no fundo, uma parede com doze portinhas metálicas. Dá para ver que são nichos compridos e iluminados por uma lâmpada amarela porque uma das portinholas está entreaberta. Devem ser as tais geladeiras de cadáver que a gente vê nos filmes. Na outra porta está escrito "Autópsia A" em cima da janelinha. Felizmente não tem ninguém na sala, que tem uma mesa grande e um monte de equipamentos e ferramentas estranhíssimas.

Caminho até uns três metros do corpo que descansa em cima da última mesa de metal. Sei que é um corpo porque dá para ver a mão da pessoa numa parte não totalmente coberta pelo lençol. Então eu penso: é agora. Vou ou não vou até o fim com essa coisa? Afinal de contas, por que diabos estou fazendo isso, catso? É só curiosidade mórbida ou eu quero provar alguma coisa para mim mesmo? Sozinho num necrotério, com um cadáver à minha frente. Este é, definitivamente, *o* momento marcante da minha estadia no Santa Clara!

Tá legal. Vamos em frente. Respiro fundo e chego bem perto do corpo. Tento esquecer todas as malditas cenas de terror que já vi na vida quando alguém levanta o lençol que cobre o rosto do cadáver e o bicho sai andando com um facão ensanguentado atrás de você... Eu sei que é um mero clichê de filme de zumbi, mas meu coração acelera até quase sair pela boca. Ponho a mão na ponta do lençol e começo a puxá-lo lentamente.

Descubro o rosto do cadáver e o que vejo a seguir tem o efeito de um soco no estômago. Minha respiração para por um instante e sinto as minhas pernas, que já estavam meio cansadas, ficarem moles como geleia. Fico lá, parado por um tempo que não sei avaliar quanto, olhando, incrédulo, e sem saber o que pensar nesse momento. É como se tivesse acontecido um curto-circuito na minha cabeça, antes dela ser invadida por uma tristeza profunda, que substituiu completamente o medo que eu estava sentindo antes. Cubro novamente o rosto da minha amiga exploradora e pensei comigo: "preciso sair daqui; agora."

Quando chego perto da porta, na altura da primeira mesa da sala, a ânsia me domina por completo e não consigo controlar o vômito que despejo em golfadas sobre a superfície de metal. Estou tentando me recuperar quando ouço: "Quem diabos é você? O que está fazendo aqui? Como entrou sem autorização?". É o cara gordo e baixo que grita para mim, com seus olhos esbugalhados.

"Ei calma aí compadre, este é o meu paciente perdido!" ouço a santa voz do Giba, por detrás do gordo. "Você se perdeu é? Te procurei por todo o hospital! Senta já nessa cadeira porque temos que te levar para o quarto."

"Você está louco Gilberto? Eu vou ter que fazer um relatório sobre isso" diz o homem gordo visivelmente alterado, enquanto o Giba me ajuda a sentar na cadeira de rodas. Ele empurra a cadeira para fora da sala, me estaciona a uns metros da porta, já no corredor, e entra de novo na sala. Os dois conversam num tom baixo demais para eu ouvir, a não ser quando o homem gordo fala "O que? Nem pensar" e

"Olha essa confusão aqui...". Os dois ficam uns cinco minutos discutindo até que o Gilberto sai e me leva rapidinho para fora dali.

31

Passamos rapidamente por um banheiro para que eu possa tirar o gosto azedo de vômito da boca e me limpar. Eu ainda estou meio em choque por ter visto a Alice, ali, naquele lugar horrível, sozinha, praticamente "depositada" sobre uma mesa, como se fosse um pedaço de carne. Mas não tenho vontade de falar sobre isso com ninguém, nem com o Gilberto.

"É Jonas-brô, você acabou arranjando mesmo um jeito de encontrar o necrotério, não é?".

"Não foi de propósito, isso eu te garanto".

"Ah não, é? Você viu a placa 'necrotério' e confundiu com 'refeitório'?" pergunta ele, rindo da minha cara.

"Tá legal, tudo bem. Na verdade, eu meio que me perdi. Mas quando topei com o lugar, tive curiosidade, só isso. E nada disso teria acontecido se você não se atrasasse cinquenta anos para vir me buscar."

"Ah, então a culpa é minha que você não tem paciência para esperar? Cara isso é um hospital, não um lava-rápido... As coisas aqui não funcionam no tempo normal do resto da humanidade, sacou?".

"Saquei. Eu... Foi mal. Me desculpe."

"*Sin problema compañero*. Só me avisa da próxima vez que você quiser ir a algum lugar diferente, tipo o heliponto ou o altar de sacrifício das virgens, no terceiro andar, falou?" ele diz, enquanto saímos do elevador - desta vez do elevador certo, no andar certo.

"Giba, eu posso te perguntar uma coisa?"

"É claro."

"Algum paciente seu... Quero dizer, não um paciente qualquer, mas alguém que você gostava muito... Sabe o que quero dizer"?

"Você quer dizer morrer? Bem, sim, para falar a verdade, muitas vezes."

"E aí? Você não fica, sei lá, deprimido com isso?"

"Na faculdade a gente aprende que se você for chorar a cada vez que um paciente seu morre, vai acabar ficando sem os canais lacrimais. Eu, pessoalmente, acho isso uma grande asneira dos professores."

"Como assim?"

"A morte faz parte do jogo, Jonas-brô. Acontece que em certas profissões isso acaba sendo mais frequente, então as pessoas meio que se acostumam. Se enrijecem por dentro. Depois de um tempo, para não se machucarem, não se identificam mais para não sofrer tanto."

"Eu acho que jamais poderia ter uma profissão dessas..." digo, quase refletindo comigo mesmo.

"Sabe qual é o meu segredo para lidar com isso?"

"Qual?"

"Eu morro junto com as pessoas que gosto. Mas depois, toda vez, ressuscito..." ele diz, quase cochichando no meu ouvido.

Eu não consegui entender bem o que ele quis dizer com isso, mas suspeito que mesmo que tentasse me explicar muito, não ia adiantar nada. Chegamos ao quarto e, graças aos deuses de Asgard a minha mãe ainda não chegou - a última vez que voltei da fisioterapia um pouco depois da hora ela estressou geral como se eu estivesse atrasado para o baile de formatura. Então eu aproveito para tomar um banho bem quente e ficar uns dez minutos no oxigênio, de preferência tentando não pensar em nada.

32

Tento afastar as imagens do necrotério da minha mente, mas está muito difícil. Quando chega o jantar, estou completamente sem fome – apesar de ter posto tudo que tinha no estômago para fora. Só de olhar aquela bandeja ao lado da cama já fico enjoado. Toca o celular. É meu pai.

"Jo-jo, como estão as coisas? Você está bem?"

"Tudo certo. E a sua palestra?"

"Ah, vou finalizar os slides da apresentação ainda hoje à noite. A minha conferência está marcada para amanhã, logo depois do almoço. Isso aqui está fervilhando de gente."

"Legal. Novidades no mundo da previsão do tempo?"

"Você não faz ideia: a universidade conseguiu um financiamento para comprar um supercomputador que vai melhorar a precisão e a resolução das previsões. O bicho é capaz de fazer 370 trilhões de operações de cálculo por segundo..."

"Uau. E isso é muito?"

"Jo-jo, você está brincando comigo? Isso significa simplesmente que ele vai fazer em um minuto aquilo que um computador normal demoraria mais de uma semana"

"Caramba. Vamos poder jogar algum *game* legal nele?" pergunto, só de sacanagem.

"Receio que não. O custo de cada hora de processamento é muito maior que o meu salário. Mas quando estiver instalado prometo que te levo para ver"

"Super."

"Bem filho, nos vemos na sexta à noite. Beijo no seu focinho e durma bem"

Depois de me despedir e desligar o telefone olho para a cômoda lateral e me lembro que tenho que fazer o exercício do cachimbo. O tal do *flipper* ou *flupper*, sei lá, está me olhando de cima da mesa desde que a Dra. Denise me deu a bagaça de presente. Vamos ver as instruções: ´Inspire profundamente pelo nariz e expire pela boca, no bocal do aparelho, mantendo-o na posição que propiciar vibrações mais intensas na caixa torácica. Intercale respirações suaves pelo nariz para evitar tonturas'.

Faço vinte respirações (ou dez, quem está contando mesmo?) naquela coisa e logo tenho que ir ao banheiro colocar os bofes para fora. Pelo menos não está tão verde. Está mais para amarelo-caramelado. Olho no espelho e percebo como estou um lixo. Ainda por cima parece que tem uma espinha vermelha e com cara de chifre nascendo bem no meio da testa – era só o que me faltava. A meio caminho da cama ouço o que parece ser a voz da minha mãe, falando com alguém. Vou até a porta e abro só um pouquinho para escutar melhor. Pelo jeito ela está ao telefone com alguém, a uns dez metros da porta do quarto. Dá para ouvir quase tudo que ela fala.

"Não, eu já te disse que não dá. É, o menino está doente. O que é que eu posso fazer? É claro que não podemos atrasar o projeto... Eu sei, eu sei... Hã-hã... Alguma vez você me viu atrasar? Alguma vez você me viu deixar um problema pessoal influenciar compromissos profissionais? Pois é: nunca..."

"Diga ao cliente que tudo estará pronto no prazo combinado, como sempre, fazendo chuva ou sol, *morrendo ou tendo alta*" ela fala num tom mais baixo ainda, aproximando o telefone da boca.

Morrendo ou tendo alta. Eu fico paralisado por um momento ao ouvir isso. Quando ela desliga, saio do estado de abestalhamento, fecho a porta e vou o mais rápido possível para a cama. Quando ela entra no quarto eu ponho a máscara de oxigênio. Ela coloca a bolsa e outras coisas sobre a poltrona, aproxima-se de mim e mexe rapidamente no meu cabelo, numa tentativa desajeitada de fazer um carinho.

"Você está bem, Jonas?"

Faço que sim com a cabeça. Não estou em condições de falar nada nesse momento. Muito menos de olhar para ela. Então, ligo a televisão e começo a zapear os canais.

"Você não comeu seu jantar?"

Sinalizo que não.

"Não vai comer? Você precisa comer!" Ela vira o braço articulado com a mesinha que segura a bandeja de forma que a comida fique bem na minha frente. Eu empurro o braço metálico de volta.

"Você não vai dar uma de menino mimado, vai?"

"Não estou com fome agora" digo, erguendo um pouco a máscara.

"Ah, não está com fome *agora*. Muito bem, você é quem sabe" ela fala, num tom de voz alto.

Ela pega a bandeja e sai do quarto. Volta um minuto depois, sem nada nas mãos e começa a arrumar as coisas dela para começar a trabalhar. Eu me viro para a televisão e tento me concentrar em ver o estúpido programa sobre pinguins que está passando no canal educativo. Mas não dá para encarar. Por mais que goste de pinguins, preciso agora de alguma coisa mais, sei lá, agitada. Paro na MTV. Está rolando um show de heavy metal. Acho que é Metallica. Não sou exatamente um fã, mas é aqui mesmo que vai ficar. Com o canto dos olhos percebo que ela está metralhando o teclado do notebook. Ouço um bufar de irritação. Bufo de volta. Sinto a lateral da cabeça latejar. O clima do quarto está à beira do precipício. Aumento um pouco o volume da tv.

"Será que dá para abaixar um pouco o volume dessa tv?" ela diz, já levantando e pegando o controle remoto da minha mão. Apesar da fraqueza física que estou sentindo, minha cabeça parece que quer explodir de raiva. Eu tiro a máscara e olho para ela, que devolve o olhar. Dá para sentir as faíscas no espaço entre nossas cabeças. Ela joga o controle remoto na cama quase acertando o meu pé esquerdo, volta até o sofá e fecha o notebook, colocando-o embaixo do braço.

"Tenho que dar um telefonema e já volto".

"Ótimo" eu digo, sem tirar a máscara.

Alguém bate na porta. Depois de mais uma troca tensa de olhares matadores, ela se vira e abre a porta. É a Diana. O *timing* é perfeito. Eu queria enfiar a cabeça do lado de fora da janela de um trem e gritar o mais alto que conseguisse...

"Oi, posso falar um minutinho com o Jonas?"

33

Minha mãe faz um gesto com o braço, como de quem diz "é todo seu" e sai do quarto. Diana faz aquela cara de "eu, hein..." e eu dou uma respirada tão funda no oxigênio que fico até zonzo e tiro a máscara.

"E aí..."

"E aí..."

"Ela parecia meio brava... Era sua mãe?"

"Acho que era. No momento não tenho muita certeza".

"Humm. Bom, o Giba me disse que você queria falar comigo..."

O quê? Aquele traidor maldito. Será que ele percebeu alguma coisa? É claro que ele deve estar pensando que eu estou a fim da Diana. De onde ele tirou essa ideia estúpida eu não sei! Meu Deus, ela está ainda mais bonita do que ontem. Desta vez veste uma jaqueta jeans envelhecida sobre uma blusa preta com decote de botões perolados.

"Ah sim, me lembrei agora... É que... o Pedro não estava bem ontem e, como não tinha a quem perguntar... Então, como vai ele?"

"Não muito bem. Parece que ele teve um *derrame pleural* e vai ter que fazer uma punção. Está morrendo de medo".

"Uma punção? Não sei o que é isso, mas parece ruim..."

"Eles têm que tirar o excesso de líquido dos pulmões dele. Bom não exatamente dos pulmões, mas isso tem que ser feito com uma agulha e, bem, o Pedro tem pavor de agulhas."

"Que droga. E quando vão fazer isso?"

"Daqui a duas horas. Meu pai está vindo para cá, mas não sei se vai conseguir chegar à tempo – ele está meio enrolado no trabalho dele"

Ela senta-se na poltrona e olha a TV, que agora está sem som. Ficamos prestando atenção um pouco na banda de heavy metal silenciosa. Reparo que suas unhas estão pintadas com esmalte azul escuro.

"O que o seu pai faz?" pergunto.

"Ele é coronel da aeronáutica."

"Ah que legal. Nossos dois pais têm a ver com a estratosfera..."

"Como é?"

"Seu pai é da aeronáutica e o meu é meteorologista, então..."

"Ah, saquei. E sua mãe, por que estava tão brava?"

Como é que eu vou saber? Do jeito que ela falou pelo telefone acho que estava brava por eu ter nascido. Já vi ela ficar irritada assim diversas vezes com meu pai. Mas nunca comigo. Na verdade, acho que ela nunca expressou grandes emoções de nenhum tipo. Bem, não acho que seja pessoal: ela é assim com todo mundo – é o jeito dela. Uma vez, no natal, quando eles ainda eram casados e eu tinha, tipo, uns seis ou sete anos, me lembro dela passando o dia todo arrumando a árvore de natal. Ah, vocês não conhecem a árvore de natal da minha mãe: era enorme e tinha tantos enfeites que mal se via a árvore. Era um verdadeiro parque de diversões: além das tradicionais bolas de vidro coloridas, tinha trenzinhos, homens de neve, pinhas, renas douradas, laços de veludo, luzinhas e até bombons natalinos de chocolate lindt.

Eu me lembro que ficava escondido, espiando de longe, até não ter ninguém por perto. Aí eu roubava sorrateiramente um bombom ou dois. Um dia vi meu pai roubando um também. Quando ele percebeu que eu tinha visto, pegou outro e me deu, fazendo sinal de silêncio e me aliciando como cúmplice no delito. Ela nunca descobria, é claro, porque ele repunha os bombons logo depois. Por que preferia tirar da árvore, eu não sei – já que ele tinha acesso à caixa de bombons que ficava no armário da cozinha...

Mas ai de você se mexesse na árvore antes ou durante a festa de natal. Eu não podia sequer ajudá-la a decorar a árvore. Não, a porcaria da árvore tinha que ser perfeita. A família inteira tinha que ver, admirar e fotografar a obra-prima.

Nada podia estar fora do lugar. As bolas equidistantes. Nenhum enfeite repetido perto de outro. Só faltava colocar uma cerquinha dessas de museu ao redor da árvore, com uma placa de 'Não Toque na Árvore – Perímetro Eletrificado'. Mas eu tenho que reconhecer, o catso da árvore era linda mesmo. Só que não parecia uma árvore de natal de verdade e sim uma daquelas de loja de departamento: tudo milimetricamente planejado para causar uma certa impressão.

Até o dia, num desses natais, em que eu tropecei numa dobra do tapete da sala e caí, quase derrubando a dita cuja. Umas bolas caíram no assoalho e se quebraram e eu acabei caindo em cima de duas ou três bolas quebradas, cortando as mãos. "Menino desastrado. Não presta atenção por onde anda! Blá-blá-blá!". Eu estava sangrando um pouco, com cortes e pedacinhos de vidro enfiados nas duas mãos e ela me dando bronca! Eu comecei a chorar e ela estava preocupada com a árvore. Enquanto meu pai me acudia, ela catava os restos de vidro do chão e olhava para a árvore, calculando o dano estético que eu tinha causado. Me lembro de abrir o bocão: "Desculpa mãe, desculpa...". Ela sequer olhava para mim, só para a maldita árvore. Eu não me lembrava disso há, sei lá, desde que tinha seis anos, acho...

"Jonas?" ouço a Diana perguntar, o que me tira de mais um transe, que não sei quanto tempo durou. "Você está... chorando?"

"Hein? Não, imagina, claro que não. Estou com uma irritação nos olhos, não sei por que" digo, disfarçando a umidade ocular que surgiu fora do meu controle.

"Então... Por que ela estava tão brava?"

"Sei lá. Piração de adulto maluco, eu acho. Você acha que o Pedro gostaria que eu desse uma passadinha lá?"

"Não sei não Jonas. Acho que você não pode ficar andando por aí. Mas que ele ia gostar ia: está lá sozinho, coitado"

"Tá legal, é só um minuto. Dá uma olhada no corredor, para ver se não tem ninguém..."

Diana vai até a porta e dá uma olhada rápida, enquanto eu me levanto e aproveito para me recompor. Ela faz um sinal com a mão, de costas para mim.

"A barra está limpa. Bora".

O quarto do Pedro fica a três portas do meu, do mesmo lado do corredor e é absolutamente idêntico ao que estou. Quando abrimos a porta ele está deitado de lado, vendo tv. Com a cara inchada de quem esteve chorando, abre um sorriso quando nos vê. Não sei bem o que dizer para animá-lo. Nem sei se o catso da punção dói, mas, por via das dúvidas, é melhor dizer que não.

"E aí camarada? Vim te desejar boa sorte. Quero dizer, não que você precise, porque é um negócio muito simples e besta essa coisa de punção. Você não vai nem perceber."

"Não sei não. A enfermeira disse que vão me espetar com uma agulha, *uma A-GU-LHA*, e sugar um líquido que tenho aqui" - ele aponta para a lateral das costelas e começa a chorar.

"Cara, mas não dói nada. Eu mesmo já fiz um monte dessas", minto descaradamente.

"Vou te contar um segredo: eu também morria de medo dessas agulhas. Mas o lance é o seguinte: você não pode olhar para elas. Apenas olhe para cima e pense no momento mais feliz da sua vida, sacou?"

"Vou tentar" ele diz, enxugando o rosto com o dorso da mão.

"Mas o que é isso? Uma reunião de confraternização de pacientes? Vocês estão pensando que isso aqui é a Casa da Mãe Joana?" vocifera a Otsuka-japonesa-do-mal que, para variar, entra sem ser convidada.

34

Vou resumir essa parte, porque é realmente muito chata. Se não fosse o pai da Diana chegar logo depois, a japa ainda estaria fazendo um longo sermão sobre contaminação, infecção hospitalar, terremotos e apocalipses nucleares. O importante é que tivemos sorte e ainda por cima acabei ganhando um cupcake do bob esponja. O simpático coronel Héctor Delmarre trouxe uma caixa de guloseimas para o filho – e o açúcar, como todos sabem, é capaz de operar milagres no humor das pessoas. Pelo menos da minha pessoa...

O contato com a minha mãe no final da noite foi mínimo: eu estava tão cansado daquele dia macabro que não demorei nem cinco minutos para dormir. E adivinhe com o que eu sonhei dessa vez? É claro: árvores de natal, bombons lindt e vidros enfiados nas minhas mãos ensanguentadas. Normal. Mas mesmo com todo o furdúncio de funcionários entrando e saindo do quarto a cada hora, dormi como uma pedra (será que as pedras realmente dormem? Cascalhos dormem mais ou menos que as pedras-pomes?) e acordei só na hora que a moça da copa trouxe o café da manhã.

Hora da fisioterapia matinal. Aperta. Assopra. Inspira. Tapota. Expectora. A rotina medieval da dra. Denise continua a mesma. No exercício do bonequinho no computador (*biofeedback respiratório*, se alguém quiser saber), consigo fazer grandes progressos: na segunda tentativa o Johnny já chega na metade do caminho até a bandeira vermelha. Chamo o ridículo avatar de Johnny porque ele me lembra um pouco do Johnny Deep, naquele filme idiota de pirata. Sabia que fizeram esse filme por causa de uma montanha-russa velha e decadente que tinha lá na Disneylândia? Alguém deve ter olhado para aquilo e pensado: 'ei, será que não podemos ganhar dinheiro inventando uns personagens baseados nessa porcaria?' E aí o mundo foi brindado com uma série inesgotável de filmes idiotas de piratas. Veja bem, eu não tenho nada contra séries. Gosto de muitas delas: Matrix, Star Wars, Austin Powers, Harry Potter, Exterminador do Futuro, Iron Man e todos os vingadores – e por aí vai. Só tem uma coisa que não suporto: piratas. Nem os do Caribe e muito menos aquele horrendo *stop-motion* de massinha que fizeram depois.

Volto exausto para o quarto, mas animado pelos resultados. Pela primeira vez recebo até um elogio da mulher por ter lembrado de fazer os exercícios do cachimbo... Quando a Wanda abre a porta do quarto damos de cara com Norberto, o psicólogo esquisito do hospital. Está coçando sua estranha barba ruiva e espetada, enquanto folheia com interesse o meu livro do Arthur Clarke.

"Ah, Jonas, como estão indo as coisas?"

Estavam indo mais ou menos bem, até agora. Mas parece que lá vamos nós para mais uma conversa maluca.

"Bem Dr. Norberto, e com o senhor?"

"Tirando os doidos desse hospital..." ele diz, revirando os olhos. "Brincadeira. E não precisa me chamar de senhor, tá bom?"

"Ah, tá."

"Então vejo que você aprecia a leitura. Sabia que os meninos da sua idade raramente leem? Bom, eu também não posso criticar muito porque nos últimos anos só tenho tempo para a literatura técnica, sabe como é..."

"Hã-ham"

"Certo. E você, tem tido mais daqueles sonhos estranhos?"

"Não. Não tenho sonhado nada." Tirando aquele em que estou no caixão e não consigo me mexer ou me afogando na inundação ou com as mãos cortadas e ensanguentadas no natal feliz. Se contar para o maluco ele me interna. Não, espera aí: já estou internado!

"Ah que pena. Os sonhos são esplêndidos sinais da nossa saúde psíquica."

Então estou ferrado mesmo.

"Mas olha, hoje nós vamos fazer uma coisa diferente" ele diz, me entregando uma prancheta com uma folha em branco e um lápis super-apontado. "Se não for problema para você, quero que desenhe uma casa na primeira folha, uma árvore na segunda e uma pessoa, qualquer pessoa, na terceira folha. Você acha que consegue?"

Dã. Acho que não doutô. "Não sou muito bom com desenho, mas acho que dou conta..."

"Fantástico" ele fala, sentando-se na poltrona e me olhando com aqueles olhos lunáticos.

"O senhor, quer dizer, você, quer que eu desenhe isso tudo *agora*?"

Ele faz que sim com a cabeça e eu, sem muita alternativa e também para acabar logo com aquela visita besta me ponho a desenhar o catso da casa. "Quer uma casa térrea ou com andares?" eu pergunto.

"Faça do jeito que tiver vontade".

"Ok." Faço um quadrado, com mais ou menos um centímetro de lado e pinto de preto. Ao seu lado faço um círculo, um pouco menor, que preencho com um sombreado. Do outro lado do quadrado faço um ponto. "Aqui está a casa, a árvore e a pessoa, num desenho só, para economizar papel." Ele pega a folha e fica estudando minha obra-prima, enquanto amacia a barba rebelde.

"Interessante. Por que você acha que isso é o que eu pedi para você desenhar?"

"Como assim?"

"A casa, por exemplo, onde está?" diz, apontando para o desenho.

Faço aquela minha cara n. 37, que meu pai detesta e olho para o Norberto, com condescendência. "Está vendo aqui?" (aponto para o quadrado). "Essa é a casa. Esta bolinha é a árvore e esse ponto é o dono da casa. Os três estão sendo vistos de cinquenta quilômetros de altitude, pelo Google Earth. Já ouviu falar do Google Earth?"

Ele continua olhando para o desenho, com uma certa cara de desânimo. "Rapaz, você é mesmo jogo duro, hein..." Faz algumas anotações no verso da folha e a guarda numa pasta de elástico. "Melhoras garoto". Ele se despede e vai embora, prometendo voltar na semana que vem. Se eu ainda estiver aqui na semana que vem, juro que vou precisar mesmo dele...

35

15h45. Giba aparece para me levar para a sessão de beisebol-terapia. Impressionante como esse cara está sempre de bom humor, apesar de trabalhar num hospital.

"Preparado para mais um match rumo à copa do mundo?"

"Se liga Giba. Beisebol não tem copa do mundo, não."

"Todo esporte tem, cara. Até os mais bestas, como o beisebol, têm campeonatos nacionais, mundiais e essa parada toda."

"Se você está falando..."

Campeonatos. As pessoas adoram campeonatos. Eu detesto. Para mim isso está ligado à falta do que fazer. Você pode até dizer que isso é conversa de perdedor e coisa e tal. Talvez seja uma espécie de trauma que eu tenho, sei lá... Quando eu tinha dez anos (e, por favor lembre-se, corpo de oito) aceitei estupidamente a sugestão de ir praticar judô, como atividade complementar na escola. Tem uns lances interessantes, como a roupa, as faixas que vão mudando de cor com o tempo e outras paradas filosóficas. No começo foi muito bom: era só treinar sozinho aquela coisa de cair no tatame e bater a palma da mão no chão, fazendo aquele barulho bacana.

O mestre, um nissei gorducho e bastante simpático, até que me incentivava bastante. Nos treinos o que eu mais gostava era de cair e gritar *kiaiiii*, quando treinava os golpes. Estava tudo indo muito bem porque no horário que eu fazia tinha apenas umas quatro crianças na sala, todas menores do que eu, e igualmente iniciantes no esporte. Depois de dois meses caindo e gritando feliz da vida, fiz o exame de faixa: após uma conversa de três minutos sobre a história e os princípios filosóficos, fui promovido à faixa azul. Sacou? Passei para a faixa azul num exame TEÓRICO. De três minutos...

Mas é impressionante como as coisas podem piorar rapidamente. Na primeira aula já com a nova faixa (na verdade eu e todos os meus três colegas fomos promovidos simultaneamente), fui obrigado a mudar de horário porque o mestre inventou de juntar turmas – para *racionalizar* os recursos - essa é a desculpa que dão quando querem dizer 'precisamos ganhar mais dinheiro'. A aula já foi uma merda com todos aqueles garotos altos e balofos intimidando os menores. Na quinta fiquei sabendo que na outra semana teria o campeonato semestral interno, *com alunos de toda a escola*. Campeonato semestral.

No dia do tal campeonato, que na verdade acontecia na mesma sala de treinamento e que, tirando o aviso pregado na porta e o fato de ter uns trinta alunos ao invés dos dez do meu horário, nem se percebia que era um campeonato de verdade.

Mas o fato era que eu estava apavorado com tudo aquilo. O problema foi ter que lutar e passar vexame na frente de todo mundo (faziam um círculo ao redor dos combates, com os lutadores no meio). O mestre não permitia manifestações contra ou à favor de ninguém, mas era impossível não perceber os olhares e sorrisos prazerosos ao ver algumas pessoas se lascarem todas na zona do combate. Eu, com uma faixa azul de mentirinha e que nunca tinha visto ou participado de uma luta real, tive que passar o tormento de ter o rosto amassado contra o tatame por um garoto gordo, duas séries acima da minha – mas que tinha faixa da mesma maldita cor.

Foi o fim da minha promissora carreira nas artes marciais. Nunca mais voltei para a aula de judô. Bem, não tinha problema porque eu sempre apreciei as artes nérdicas mesmo. Além disso, graças a Deus hoje em dia podemos soltar o espírito matador trucidando, estripando e atirando em monstros, soldados inimigos e assassinos profissionais nos melhores games à venda logo ali, no hipermercado...

"Alô... Jonas-brô, vai sentar na cadeira ou quer que eu te leve nos ombros?" diz ele estalando os dedos a dois centímetros do meu rosto.

"Se você não se importa, acho que posso ir andando – pelo menos até metade do caminho."

"Nem pensar camarada. A Otsuka está de olho em você, então é melhor tu dançar o tango como pede a tradição, sacou?"

"Tá legal. Falando nisso, é muito difícil tocar oboé?"

"Não é tão fácil como o banjo, mas dá para aprender..."

"Banjo? Você toca banjo?"

"O som é melhor do que o da guitarra, brother. Sem falar que as gatinhas enlouquecem quando te veem tocando"

"Você tá me zoando, né?"

"Ô brother, claro que não. O banjo tradicional, aquele de cinco cordas usado para tocar *bluegrass*, não é qualquer um que toca aqui no Brasil não. Então se você quer se diferenciar, é muito melhor que guitarra, violão, bateria e essas paradas que todo moleque toca..."

"Hum, faz sentido. Você acha que pode me ensinar?"

"Tá me achando com cara de professor de música é, mané? Vamos fazer o seguinte: você pede para os seus pais te comprarem um banjo e eu te dou umas dicas, o que é que você acha?"

"Maneiro".

36

Fisio da tarde. Essa rotina poderia deixar qualquer um maluco, mas até que eu estou levando na boa, sabe? É claro que estou nela faz só uns dias – imagino que as pessoas que ficam internadas por meses não tenham a mesma opinião. Não vejo sinal do Pedro nem da Diana. Será que deu tudo certo no catso da punção? Começo a ter uns pensamentos desagradáveis sobre isso quando o Matheus felizmente me interrompe.

"Está na hora de mudar um pouco o seu game, Jonas. A Denise me disse que você tem que fazer um exercício que aumente um pouco sua atividade aeróbica e o beisebol é um tanto parado para isso."

"Beleza. Vamos mudar para qual? Eu adoro simulador de voo..."

"Hilário. Você acaba de ser promovido para o tênis."

Cara, você não tem ideia de como o tênis cansa dez vezes mais do que o beisebol. Antes era só ficar lá, meio parado, esperando para rebater. Agora não. É uma maldita bola atrás da outra. Mesmo dando várias para fora só para dar uma descansada de três segundos a mais, a bagaça é extenuante. O bom é que não dá muito para pensar e a sua cabeça fica lá, zerada, de olho no jogo.

Quando termina vou melado de suor para a sala de espera até o Giba vir me pegar.

Quando ele chega vinte minutos atrasado, para variar, me deixa ficar ouvindo umas músicas maneiras no Ipod dele. É o tal do bluegrass, me explica. Mas o que me surpreende mesmo é o rock, que devia estar sendo tocado com a guitarra, só que agora substituída pelo banjo. Ele tem razão: nas músicas certas fica para lá de *cool*. Fico de olhos fechados, me imaginando ali no palco, milhares de pessoas no meu show à céu aberto, gritando e dançando enquanto eu toco *working in a dream* com a voz do Bruce Springsteen e o banjo irado soltando fogo nos amplificadores. Mas não consigo ficar numa boa. Preciso saber se está tudo certo com a família Delmarre.

"Giba…"

"Nem pense nisso, brother."

"Por acaso você sabe o que eu estou pensando?"

"Não, mas não deve ser coisa boa".

"Não enche. Eu só queria passar no quarto do Pedro, para saber se está tudo certo…"

"Vamos fazer o seguinte: te deixo no quarto, vou lá ver e depois te conto, tal legal?"

"Pô cara. Só dois minutos, o que é que te custa?"

"Me custa o emprego". Ele se abaixa um pouco e me fala no ouvido: "Mas me conta: você quer saber do Pedro ou está mesmo interessado em outra coisa…?"

"Que absurdo! Isso nem é da sua conta. Para sua informação, ontem à noite o Pedro ia fazer um... Sei lá, esqueci o nome. E hoje não apareceu na fisioterapia. Só quero saber se ele está vivo..."

"Que mané que você é, brô. É óbvio que ele está vivo. Só tem que ficar em repouso 24 horas por causa da punção" ele diz, rindo da minha cara.

"Então, a gente dá uma passada lá e pronto, beleza?"

"E aí você aproveita para ver a Diana, não é, seu safado? Façamos o seguinte, se a barra estiver limpa eu te levo lá por, no máximo trinta segundos. É pegar ou largar."

Graças a Deus a barra estava limpa. Mesmo a Otsuka tem que ir ao banheiro ou comer um lanche de vez em quando... Mas foram trinta segundos intensos. Cinco deles dedicados ao meu amigo Pedro, que estava ótimo, sorridente e quase deu um grito ao me ver: "Jonas, caraca, que legal que você veio! Cê tava certo: não foi tão péssimo quanto eu achava que ia ser". Nos outros vinte e cinco segundos ele continuou falando e eu também – embora eu estivesse sentindo algo muito estranho quando vi a Diana. Não sei o que é, mas eu tenho que fazer força para não tremer de agitação ao vê-la.

Meu Deus! Será que isso é estar apaixonado?

37

Por que tudo tem que acontecer ao mesmo tempo? Saber que tenho uma doença que pode me matar nos próximos dez anos, ser internado, perceber como a minha vida é uma merda, apaixonar-me por uma garota maravilhosa e descobrir uma espinha na testa. É muito para gerenciar, você não acha? E eu achando que dar conta das tarefas da escola já eram um negócio doido. Santa ignorância!

Depois do banho e ainda sozinho no quarto, passo um longo tempo olhando minha cara no espelho do banheiro. E agora Jonas? O que é que eu faço com tudo isso? Mas o espelho não responde. Só me olha com aquela expressão idiota, de quem não tem a mínima ideia do que fazer...

O Giba me deixa ficar mais um pouco com o Ipod dele, então consigo me distrair um pouco de todos esses pensamentos. A música é tão boa que quase não percebo o celular andando de lado sobre a cômoda lateral. Arranco os fones de ouvido e atendo.

"Oi pai. Como foi a palestra?"

"Muito boa. Tão boa que fui convidado para participar de uma mesa redonda amanhã, no encerramento do evento."

“Que massa.”

“É. Mas isso me criou um inconveniente: não vou conseguir estar aí com você amanhã à noite – não consegui achar um voo livre. Então só consigo voltar no sábado pela manhã. Estou com saudades...”

“Eu também.”

“Deixei um recado no telefone da sua mãe explicando o problema – acho que ela não vai se importar em dormir aí apenas mais um dia, não é?”

Silêncio. “Pai...”

“Que foi jo-jo?”

“Posso ir morar com você?”

“C-como é? Bom, eu acho que... sim, por que não? Sabe como meu apartamento está bagunçado, não é?”

“Não me importo.”

“Por que você está me pedindo isso? Tem algum problema com o sr. Kalstian? Com o filho dele? Com a sua mãe?”

“É isso.”

“Isso o quê?”

“É isso. Problema com todo mundo daquela casa.”

“Ah, certo. Acho que podemos conversar melhor sobre isso quando eu voltar, está bem?”

“Pai...”

“O que é?”

“E... Você poderia me comprar um banjo?”

<h1 style="text-align:center">38</h1>

Chega o jantar. Sopa de ervilhas, macarrão com legumes, pão francês, arroz doce, uma pera e... fortini de morango. Minha mãe chega logo depois, carregada de pastas e papeladas, que despeja no sofá. Temos aquela conversa protocolar e logo em seguida ela sai para falar alguma coisa com as funcionárias do posto de enfermagem, na outra ponta do corredor. Enquanto olho para o teto fico pensando em como, apesar de tudo, estou com saudades da minha vida antiga. Meu quarto, minha cama, meu travesseiro...

A cama da gente é um lugar maravilhoso para se sentir seguro. Nada como ficar nela lendo um bom livro de ficção-científica ou vendo um bom filme... de ficção-científica também. Nada como chegar da escola, almoçar e ver o que está passando nos canais de filmes. Flanar na internet. Depois, fazer os deveres o mais rápido possível – e, acredite, eu sou muito, muito bom nisso... Daí tomar banho. Um pouco de videogame. Jantar. Flanar na internet. Ler um pouco mais.

Falando assim parece que a minha vida normal é tão rotineira quanto essa vida no Santa Clara. E talvez seja mesmo, sei lá. E obviamente não são *todas* as tardes da semana que posso ficar tranquilo no meu quarto. Quanto à escola, cada dia tem uma coisa diferente. Na maioria das vezes aulas que não me interessam muito, mas pelo menos não tem rotina. Na verdade, não sei por que não inventam matérias legais, como por exemplo: ao invés de português poderíamos estudar Gramática e Literatura Klingon (ou Élfica). Alquimia e Culinária no lugar da Química. Talvez Robótica ao invés de Física e ainda Mitologia Grega como alternativa à excitante matéria de História do Brasil. Mas poderia ser pior: já imaginou os alunos lá do Paraguai ou, sei lá, da Nicarágua... tendo que estudar a história desses lugares?

De qualquer forma, embora eu esteja com saudades da minha vida antiga, gostaria de falar que não quero voltar para casa dela. É isso. Não sinto aquele lugar como minha casa. Mas não tenho coragem de falar nada disso. Ela deve me considerar um estorvo em sua vida ou então não teria dito aquilo ontem, ao telefone. Quando ela volta, saio da minha contemplação do teto.

"Mãe, você poderia me trazer uns outros livros, amanhã?"

"Ah, ainda bem que você me lembrou disso. O Andrea deixou um recado no meu celular. Ele disse que não vai conseguir chegar amanhã em São Paulo."

"É, eu já falei com ele. Você pode pegar uns dois livros lá no meu quarto?"

"Também não posso vir aqui amanhã, Jonas. Caio e eu temos um jantar com um cliente muito importante. Mas não se preocupe, já arranjei para o seu irmão vir ficar com você."

Levo uns cinco segundos para processar mentalmente aquela informação. O que foi que ela disse? O Caio Jr. virá aqui, *amanhã*? Meu *irmão*??? A besta dos infernos?

"ELE NÃO É MEU IRMÃO."

"Que é isso Jonas, é como se fosse seu irmão."

"Ele está cagando e andando para mim." Assim como você, penso.

"Deixe de bobagens. Escreva num papel o nome dos livros que você quer e eu peço para ele trazer amanhã."

"Mãe... Eu não quero que ele entre no meu quarto nem mexa nas minhas coisas. Aliás eu posso ficar perfeitamente bem sozinho, uma noite. Tem um monte de gente neste hospital. Eu já passo o dia inteiro praticamente sozinho, então acho que posso me virar."

"Jonas Vento: você sabe como eu não gosto quando você dá uma de mimado. Caio Jr., seu irmão, virá ficar com você amanhã e ponto final. Será uma ótima oportunidade para vocês conversarem e passar um tempo juntos."

Passar um tempo juntos? Eu não sei se aperto o botão da emergência na cabeceira da cama ou se dou um grito. Como dizer para ela que aquele cretino preferia me ver morto? De repente sinto-me sem ar e sou obrigado a colocar o oxigênio para respirar direito. Preciso me acalmar e pensar em outra estratégia.

"Mãe, amanhã é sexta-feira e provavelmente o Caio Jr. vai querer sair com os amigos. Não tem sentido o cara vir passar a noite inutilmente num hospital."

"Isso é muita consideração da sua parte. Mas eu já falei com ele e está tudo resolvido. No final da tarde ele estará aqui" ela diz, irredutível. Estou tão agitado por dentro que não consigo pensar direito. "De onde veio esse aparelho?" ela pergunta, com o Ipod que pegou da mesinha.

"Só umas músicas que o Giba me emprestou."

"Quem diabos é Giba?"

"É o enfermeiro do turno da tarde."

"Jonas, eu não quero que você aceite presentes de pessoas estranhas."

Não posso acreditar que estou ouvindo isso. "Você sabia que eu tenho catorze anos?"

"Não interessa. É muito estranho que um adulto desconhecido..." eu interrompo o discurso dela rispidamente: "ele não é um adulto desconhecido e isso NÃO foi um presente. Ele me *emprestou* o Ipod por um tempo para que eu possa ouvir umas músicas, só isso."

"Quero que você devolva isso na primeira oportunidade."

Minha paciência está no limite. "Posso saber por que?"

"Porque eu estou mandando."

Sinto meu rosto arder de raiva. Mas não adianta discutir com ela. Mães sempre lançam mão da força quando sabem que não têm razão. Então vou usar a estratégia que emprego sempre: não digo mais nada e depois faço tudo do meu jeito. Ponho de volta a máscara e ligo a tv. Ela pega o Ipod de novo e vai em direção à porta.

"Pode deixar, eu mesma devolvo" ela fala e sai do quarto levando o aparelho embora. Não trocamos mais do que meia dúzia de palavras pelo resto da noite.

39

3h05. Acordo ofegante e empapado de suor por causa de um pesadelo. O Dr. Norberto ficaria interessadíssimo, porque a coisa foi mais ou menos assim: eu estava nadando numa piscina enorme, numa espécie de ginásio coberto. Só isso já dá a medida do pesadelo porque eu detesto nadar, embora a sensação até aquele momento não deixasse de ser agradável – pelo menos eu não estava sem fôlego, nem nada. Me lembro de ver o fundo da piscina, que era bem fundo mesmo. Parecia que tinha alguma coisa escrita nos azulejos lá embaixo, mas eu não conseguia ler direito. Embora a água estivesse extremamente límpida, as letras eram muito estranhas – góticas talvez. Por um momento achei ter entendido uma palavra: "persista" ou talvez "permita". De repente as luzes do ginásio se apagaram e o ambiente, embora não ficasse em completa escuridão, também não permitia ver muita coisa. Eu estava perto do meio da piscina e parei de nadar imediatamente, tentando entender o que tinha acontecido.

Além do barulho da minha respiração, podia ouvir uns ruídos estranhos ao longe, do tipo que se ouve quando dois canos de metal batem um contra o outro, intercalados com um estridente e abafado ranger de portas. Fiquei prestando atenção nesses ruídos enquanto meus olhos se acostumavam com a escuridão. A cada som eu tentava distinguir a direção de onde vinham. De repente ouvi o típico barulho de alguém mergulhando na água. Fiquei quase totalmente imóvel, fazendo movimentos mínimos apenas para me manter boiando na posição vertical, procurando olhar em todas as direções possíveis. Mas não dava para ver nada, apenas uma fraca luz que vinha das portas duplas da entrada do ginásio, a uns cem metros de onde eu estava.

E aí veio a pior parte. Eu estava tentando determinar onde estava a borda mais próxima quando sinto, às minhas costas, uma tribulação na água e, um segundo depois, antes que eu conseguisse me virar, alguém surge e força minha cabeça para debaixo d'água. Eu tento me desvencilhar mas enquanto uma mão empurra o topo da minha cabeça para baixo, a outra agarra o meu braço direito. Sou invadido pelo pânico e começo a engolir água pela boca e pelo nariz. A sensação de afogamento é horrível. Eu tento me desvencilhar e, por alguns segundos, consigo colocar a cabeça para fora d'água e dar uma longa respiração com a boca. Não consigo ver meu agressor mas, nesse breve momento na superfície posso ver o vulto gordo do meu mestre do judô em pé, próximo à borda da piscina, aparentemente olhando impassível o que estava acontecendo.

Eu tento gritar alguma coisa, mas já é tarde demais, as mãos fortes já me empurravam para baixo, desta vez mais fundo ainda na piscina. Agora posso ver duas palavras da frase que está escrita no fundo: "não resista". Quando meus pulmões parecem que vão explodir e o pânico atinge o máximo, eu acordo.

Minha mãe parece dormir profundamente no sofá e os ruídos conhecidos e tranquilizadores do hospital me ajudam a ir me acalmando aos poucos. Levanto-me sem fazer barulho e vou ao banheiro lavar o rosto. Volto para a cama e percebo o lençol dando pulinhos sobre o meu peito. É o coração acelerado que consigo perceber por todo o corpo, inclusive no dedão do pé. Teve uma vez que uma médica me disse que eu era "cárdio-consciente". Segundo ela, isso significava que eu podia, se prestasse um mínimo de atenção, perceber meus batimentos cardíacos sem ter que colocar os dedos nos pulsos ou algo assim. Não é nenhuma doença nem nada, apenas uma característica que, às vezes, pode ser bem irritantc. Como agora, por exemplo. Bum, bum, bum, bum...

São 3h20. Fico quieto de olhos bem fechados para tentar pegar no sono, mas só o que consigo é pensar nos raros embora desagradáveis encontros que tive com o Caio Jr. Relembro as "boas vindas" que recebi quando fomos morar na casa do pai dele, ocasião na qual ele quase arrancou minha orelha e também da vez em que me socou no estômago, quando eu saia do banheiro. Relembro sobretudo do e-mail. Que espécie de psicopata seria capaz de enviar um e-mail daquele?

É isso, o cara só pode ser um psicopata, tipo naquele filme o *Anjo Malvado*, em que o Macaulay Culkin faz um garoto muito do mal. O problema é que ninguém percebe isso porque ele tem cara de "anjo": apenas o primo dele vê as atrocidades e fica desesperado porque ninguém acredita nele. Ou talvez o Caio Jr. seja igual ao adolescente da

Profecia, o próprio filho de demônio... Bom, agora é que não vou conseguir dormir mesmo.

Minha mãe está roncando. Não é um ronco que chega a incomodar, apenas uma respiração bem forte. Certa vez ouvi falar que as mães têm ouvidos biologicamente programados para serem sensíveis, assim quando os filhos fazem algum ruído estranho elas logo acordam para acudir a cria. Se passar uma banda tocando, elas não acordam; apenas os ruídos que indiquem algum perigo relacionado aos filhos são capazes de acordá-las. Mas acho que ou essa teoria deve ser furada ou então a dona Myriam não foi programada para ser mãe. Essa última hipótese até que me parece bem possível...

Tento pensar em outra coisa: contar ovelhas, por exemplo. Uma, duas, três.. ôpa, por que a quarta ovelha está ensanguentada??? Certo, o negócio é abrir os olhos e ficar olhando para o teto até cansar. 4h10. Estou quase pegando no sono quando ouço um barulho forte de metal e vidros se quebrando. Provavelmente alguém derrubou alguma coisa no corredor. Vai ser uma longa noite. Demoro ainda um tempo para dormir de novo, torcendo para não voltar para aquela piscina, mas logo sou acordado pela entrada de uma auxiliar de enfermagem no quarto, lá pelas 6h30. Minha mãe está terminando de se arrumar para sair. Enquanto ela se despede, já chega a moça com o café da manhã.

Tenho a sensação de que este vai ser um daqueles dias.

40

Estou um bagaço quando a nutricionista, Dra. Talita, vem fazer a sua avaliação matinal. Desta vez ela me faz ir até uma salinha, ainda no mesmo andar em que está o meu quarto, para me pesar numa dessas balanças mecânicas. Dois pesos são deslizados por réguas metálicas, até que se determine com precisão o peso da pessoa. "Não tem margem de erro como nas balanças eletrônicas domésticas", ela me diz. Fico apenas de cuecas e o resultado dá 45 quilos e 300 gramas. Está um pouco abaixo para a minha idade e altura, mas não tão ruim a ponto de dizerem que estou desnutrido. Aliás, isso seria um absurdo com o regime de engorda ao qual estou acostumado desde... sei lá, acho que desde sempre. Logo depois chega o Dr. Boggert.

"E então garoto, está se sentindo melhor?" ele pergunta, enquanto faz anotações no prontuário.

"Sinto-me ótimo. Acho até que o senhor podia me dar alta agora mesmo."

"Ah, essa é boa. Com saudades de casa, hein?"

"Não. Aqui é fantástico. O pessoal é muito gente fina. Mas já me sinto normal e perfeitamente saudável. O que o senhor acha?"

"Eu fico muito contente em ouvir isso."

"Mas...?"

"A sua capacidade pulmonar ainda não está completamente reestabelecida. A boa notícia é que os exames não mostram a colonização dos seus pulmões por bactérias, mas estamos lhe dando um reforço de antibióticos mesmo assim, só por precaução."

"Legal, mas eu não posso continuar o tratamento em casa?"

"Você vai continuar. Mas por enquanto vai ter que aturar a gente um pouco mais."

Inútil discutir com médicos. Além disso, o que eu estava pensando? Ir embora sozinho, de táxi, sem dinheiro no bolso? Pensando bem, eu poderia ir à pé. Se ao menos eu soubesse se este hospital é perto ou longe de casa... Bem as alternativas são: a) voltar de táxi e sair correndo sem pagar (má opção: é óbvio que até um motorista idoso me alcançaria em cinco segundos); b) caminhar até em casa, dois, dez, vinte quilômetros (ah, fala sério, eu mal consigo andar até o prédio da fisioterapia aí ao lado...); c) me esconder até amanhã (quem sabe no necrotério?) ou d) enfrentar o Caio Jr. As opções são péssimas, mas preferiria me arriscar pelas ruas de São Paulo ou quem sabe me esconder no necrotério. Sério mesmo Jonas? Sou tão covarde assim?

"Então, resumindo, tenha paciência. Você está evoluindo bem e em mais alguns dias estará novo em folha", ele continua falando.

“Hã-ham” respondo, desanimado. Como se eu não soubesse que essa merda de doença pode até perder *esta* batalha. Mas vai ganhar *a guerra* quando o meu corpo não conseguir mais lidar com a deterioração progressiva dos pulmões. Eu devia mesmo é começar a fumar, para ver se apressava o processo.

“Qual a opinião do senhor sobre a eutanásia?”

“O que??? De onde você tira essas ideias, Jonas?”

“Doutor, isso pode ficar aqui entre nós...” eu digo num tom de voz baixo como de quem conta um segredo. “Eu tô sabendo que o futuro das pessoas com fibrose cística não é lá essas coisas...”.

“Ah é, de onde você tirou isso?”

“Do site da associação de portadores de FC, da Wikipédia e de um monte de outros lugares.”

Ele parou de fazer anotações e colocou a prancheta do prontuário de lado. Deu uma inspiração profunda, colocou as mãos sobre os meus ombros e olhou diretamente nos meus olhos, fazendo uma pausa dramática.

“Jonas preste atenção. Se tudo o que escrevessem na internet fosse verdade, o mundo já tinha acabado em terremotos e cataclismas. Eu trato pacientes de fibrose cística há trinta anos e tenho acompanhado a incrível evolução dos tratamentos e da qualidade de vida dos meus pacientes” ele disse muito sério e pausadamente. “Cada caso é um caso. Agora eu quero que você esqueça tudo isso e se concentre apenas em ficar melhor, combinado?”.

"É, tá legal."

"Ótimo. Eu prometo a você que não vai ficar por aqui nem uma hora a mais do que o necessário. E por favor, diga aos seus pais que gostaria de conversar com eles, quando tiverem um tempinho. Pode pedir para me ligarem. Você não vai esquecer?"

"De jeito nenhum."

<h1 style="text-align:center">41</h1>

Tento ligar desesperadamente para o meu pai, mas as ligações só caem na caixa-postal. A possibilidade de ele chegar hoje é, convenhamos, praticamente nula. Mas eu tenho que tentar todas as possibilidades. Mando torpedos e deixo uns oito recados no celular dele, mas sem resultados.

Logo depois, na fisioterapia, meu desempenho reflete o péssimo estado de espírito: mal consigo fazer o bonequinho se mexer no exercício do computador. A Dra. Denise parece se compadecer um pouco, dada a minha expressão moribunda e até que pega bem leve comigo. A Wanda me traz de volta para o quarto praticamente na hora do almoço e eu tento me distrair um pouco com a tv ligada numa das infinitas reprises do Chapolin Colorado. Entre pérolas clássicas como "de grão em grão é um prato que se come frio" e "não contavam com minha astúcia", o herói de pijamas vermelhos tem que lidar com o debilitador potencial – um líquido que deixa objetos e pessoas moles como gelatina. Não acho nada engraçado porque neste momento eu me sinto como se tivesse sido eu quem tomou o tal debilitador potencial.

Duas batidas fracas na porta e recebo uma visita inesperada.

"Olá meu jovem. Por acaso você seria o Jonas?"

“Sim, sou eu mesmo.”

O rosto do senhor idoso me parece familiar, mas não consigo lembrar de onde o conheço. Parece um daqueles velhinhos do filme Cocoon, vestindo um chapéu marrom, calça e paletó xadrez, óculos grossos com lentes parecendo mesmo feitos de fundos de garrafas.

“Ah, excelente, muito prazer em conhecê-lo. Meu nome é Walter. Sou o marido da Licinha.”

“Licinha?” eu pergunto, um tanto confuso.

“Creio que você a conheceu há dois dias, ela estava no quarto em frente ao seu.”

Meu Deus. O marido da D. Alice. Eu fico paralisado, sem saber o que dizer.

“Eu realmente não quero perturbá-lo; se quiser posso voltar mais tarde” ele diz, segurando o chapéu marrom em uma das mãos e uma caixa de madeira na outra.

“Imagine. Por favor, senhor, fique à vontade.”

“Licinha me disse mesmo que você era um rapaz muito educado”.

Eu fico encabulado com o comentário. “Puxa, obrigado.”

“Bem, eu temo ter que lhe trazer uma notícia triste.”

“Sim senhor, acho que já sei. A D. Alice...” minha garganta fica seca e não consigo dizer as palavras.

“É isso mesmo Jonas” ele me ajuda, com uma voz suave. “Ela estava muito doente e agora, felizmente, todo o sofrimento pelo qual vinha passando no último ano acabou.”

Eu mal conheci a Alice. Conversei com ela por, talvez, uns vinte minutos, não mais do que isso. A imagem de seu corpo no necrotério ainda está vívida na minha mente. Mas aquela rápida conversa me deixou uma marca ainda mais profunda: eu sei que parece idiotice, mas era quase como se fôssemos velhos conhecidos... Como se fosse uma avó querida ou algo assim.

Me ajeito para sentar-me melhor na cama e, de maneira absurdamente incompreensível, sou tomado por uma tristeza quase insuportável. Talvez todas essas coisas acumuladas acontecendo num curto espaço de tempo estejam me deixando meio maluco. Talvez eu *já esteja* meio maluco. Então, pela primeira vez na minha vida, começo a chorar de maneira incontrolável. Isso tudo é um grande absurdo porque eu não tive esse tipo de reação quando a vi, deitada lá naquela fria mesa de metal.

Walter não diz nada. Apenas senta-se na beirada da cama e coloca a mão sobre o meu braço. Também não consigo falar por um tempo, não sei dizer quanto. Então eu me recomponho e limpo o rosto com as mangas do moletom.

“O senhor também deve estar muito triste. Sinto muito pela sua perda.”

“Ah, garoto. O nosso amor era, e ainda é, uma coisa excepcional. Vivemos aventuras grandiosas,

Licinha e eu. Aproveitamos a vida da melhor maneira que um casal jovem e cheio de esperanças poderia desfrutar. Viajamos por todos os continentes e conhecemos pessoas extraordinárias. Desbravamos e zanzamos por lugares que você provavelmente nunca ouviu falar, alguns dos quais nem existem mais..." ele diz, com os olhinhos brilhando por trás das espessas lentes dos seus óculos.

"Então não fique triste, porque agora, neste exato momento, tenho certeza de que ela já está se preparando para uma nova aventura."

"Como é que o senhor pode ter certeza disso?"

"Ah, Jonas, quando você chegar na minha idade vai poder ver coisas maravilhosas, vai enxergar além das aparências, algo que somente os velhos funambulescos conseguem..."

"Funambulescos?"

"É claro que não estou me referindo aos bodes-velhos, aos ranzinzas reclamões que abundam nos asilos ou nas casas de famílias só perturbando e testando a paciência dos mais jovens", ele explica. "Não, não. Falo dos que, como eu e Licinha, são eternamente jovens – apesar do corpo não ser mais lá essas coisas, *se é que você me entende...*"

"Acho que entendo" eu digo, esboçando um sorriso meia-boca.

"Muito bom, garoto. Bem, a razão de eu ter vindo fazer essa visita, na verdade verdadeira, foi porque a Licinha me pediu para lhe entregar algo."

“Mas eu...”

“Ah, eu sei que você vai dizer que nem a conheceu direito e coisa e tal. Mas quando conversamos, ela foi muito clara e específica. Queria que lhe desse isso”, disse Walter, me entregando a caixa de madeira escura e um tanto desgastada, com mais ou menos uns trinta centímetros de lado.

“Puxa, m-muito obrigado...”

“Não tem de quê. Está vendo este fecho aqui? Precisa destravá-lo e puxar a tampa pelo lado”, ele indica, enquanto tento abri-la. Assim que consigo tirar a tampa, puxo para fora um objeto mais ou menos pesado, enrolado em uma espécie de veludo vermelho. Quando desenrolo o veludo, vejo uma espécie de mecanismo dourado, simplesmente fascinante, mas cuja utilidade desconheço totalmente.

“Não tem a menor ideia do que seja isso, não é?” diz Walter, rindo.

“Acho que não, senhor”.

“É um sextante. Os marinheiros costumavam usá-lo antigamente para saber sua posição em alto mar. Isso é claro, muito antes de existirem gps´s e parafernalhas eletrônicas semelhantes.”

O tal sextante é um objeto magnífico. Tem uma base de madeira com uma bússola embutida. Sobre a base, o mecanismo é todo feito de metal, provavelmente bronze, com uma pequena luneta e uns espelhos articuláveis que se movem sobre uma espécie de régua curva, com indicações em graus. É uma peça antiga, precisando de limpeza e polimento tanto no metal quanto na madeira, mas de longe, uma das coisas mais bonitas que já vi.

"Eu não sei o que dizer, seu Walter. É... legal para caramba..."

"Fico feliz em saber que você gostou. Este sextante pertenceu a ela por muitas décadas e agora é seu. Licinha disse que era para que você nunca se perdesse por aí...".

42

Depois que o seu Walter saiu passei um tempo enorme admirando e tentando entender como o sextante funcionava. Uma das coisas interessantes que descobri na internet era que o instrumento foi muito utilizado para calcular distâncias comparando o tamanho aparente dos objetos. Outra função era medir o ângulo entre uma determinada estrela no céu noturno e a linha do horizonte para que os marinheiros de antigamente pudessem saber com exatidão sua posição no mar.

Mas o que mais me intrigou foi a inscrição que encontrei entalhada à mão, debaixo da base de madeira: *"memento: audaces fortuna iuvat - a.w.s."*. Não tenho a menor ideia de que língua seria essa, nem se a inscrição teria sido feita pela Alice ou pelo seu Walter – ou talvez por quem tenha presenteado o sextante à ela. Quem sabe mais tarde meu pai pode me ajudar com esse enigma.

Enquanto testo as várias pequenas lentes e posições do sextante, faço um pouco de exercício respiratório com o *flutter* (agora decorei o nome do cachimbo azul!). Logo que termino o último assopro de uma série de vinte, um cara alto e corpulento, com a cabeça toda raspada, olheiras incrivelmente roxas e inchadas entra no quarto, dizendo que veio para me levar à fisioterapia. Pode acreditar: o cara é um clone perfeito do tio Fester da Família Adams.

"Onde está o Giba?"

"Ah, me desculpe, quem?"

"O Giberto... o cara que sempre vem me buscar e que fica de plantão no período da tarde..."

"Ah sim, não o conheço mas acho que sei quem é. Ele foi transferido ontem. Agora trabalha em outro setor – acho que na oncologia ou algo assim."

"Transferido? M-mas por vontade dele?"

"Olha garoto, isso eu não sei dizer. Normalmente a responsável pelas escalas de trabalho e movimentação de pessoal por aqui é a enfermeira Otsuka."

Minha mãe. Só pode ter sido ela. Saiu ontem à noite batendo os tamancos com o Ipod do Giba e deve ter ido reclamar dele para a noiva do Godzilla. Fico me sentindo muito mal só de pensar que o Giba pode ser punido por minha causa – por causa da porcaria de umas músicas. Preciso pensar numa forma de consertar isso.

"Você poderia me levar até a enfermeira Otsuka, por favor?"

"Sinto muito, garoto. Agora você tem que ir para o setor de fisioterapia. Depois eu passo seu recado à ela" ele responde, com aqueles olhos esbugalhados típicos do Fester Adams. Como não tenho alternativa no momento, embrulho cuidadosamente o valioso presente no pano de veludo, guardo-o na caixa de madeira e coloco-o no armário do quarto, junto com as minhas roupas. Então sento-me na cadeira de rodas e me deixo levar pelo tio Chico.

43

Mal consigo me concentrar na horrível partida de tênis que o Matheus me obriga a jogar. Pensei que já tinha pegado o "jeito" da coisa, mas acho que nada está dando certo hoje. Nem o Pedro apareceu para o exercício. Termino minha última rebatida com uma bola tão desajeitada em direção à rede que provavelmente nem a "torcida" eletrônica do jogo acredita em como jogo mal. Lavo meu rosto, bebo um pouco d'água e sento-me na sala de espera enquanto penso que daqui a pouco vou ter que encarar face-a-face a besta apocalíptica.

A verdade, meu caro Watson... A verdade é... que estou... muito preocupado. Não. Perturbado é a palavra certa. Mas que merda, a quem estou querendo enganar? O cara me odeia e já fez questão de deixar claro que me considera um invasor na casa do pai *dele*. O peçonhento tem dezessete anos e uns três metros de altura. O cara deve estar *muuito feliz* em ter que vir ficar num hospital, numa sexta-feira à noite, para tomar conta de alguém que ele quer ver morto, estraçalhado e enterrado.

Então estou preocupado. Posso ver isso porque minhas mãos estão suando (e eu acabo de me lavar...). Estou me levantando para ir me lavar novamente quando vejo a Diana, vindo em minha direção.

"Oi Jonas. Cadê o Pedro? Já levaram ele para o quarto?"

"Oi Diana. Não vi o Pedro nos exercícios de hoje."

"Ah, droga. Agora me lembrei que ele tinha que fazer uns exames nesse horário. Provavelmente nem voltou para o quarto ainda. Bom, já que estou aqui, quer que eu te leve até o quarto?"

"Ah, n-não, pode deixar. O tio Chico, quer dizer, o *sei-lá-o-nome-dele* deve estar vindo me buscar..."

"Ok, então tá. Te vejo depois."

Ela já está há uns bons metros quando tomo coragem: "Diana, espere. A-acho que prefiro ir com você... Isto é, se não for nenhum problema..."

"É claro que não. Vambora" ela diz, sorrindo. "E então, quando é que você vai ter alta?"

"Não sei bem. Acho que em três ou quatro dias talvez."

"Ei, que tal um passeio diferente?" ela pergunta, enquanto me empurra pelo grande corredor que liga os edifícios dois e três do hospital.

"Você deve estar brincando. Vamos nessa!"

Pegamos um elevador no edifício três e subimos até um andar marcado como "C". Saímos por um corredor estreito e viramos à direita e depois à esquerda, dando de cara com uma porta de vidro dupla. Ao passar pela porta, pela primeira vez em muitos dias sinto uma brisa deliciosamente gelada no rosto. É um jardim na cobertura do prédio. Alguns poucos pacientes em cadeiras de rodas desfrutam da paisagem, assim como um grupinho de funcionários do hospital aproveitam o ar livre para fumar e botar a conversa em dia.

Não posso deixar de pensar que minha mãe adoraria isso aqui: a impressão que dá é que o paisagismo foi cuidadosamente planejado por entendidos no assunto. Há diversos caminhos entremeados por canteiros bem cuidados, alguns com flores vermelhas e até algumas árvores de pequeno porte. O jardim é todo cercado por uma parede de vidro reforçado, com uns dois metros e meio de altura (acho que para que nenhum paciente depressivo se jogue daqui de cima...).

Diana empurra a minha cadeira até um pergolado todo coberto por trepadeiras, de cuja lateral se pode avistar um bom pedaço do bairro. Ela me "estaciona" ao lado de um dos três bancos de madeira que compõem essa área do pergolado. Eu aproveito para me levantar e dar uma boa espreguiçada, enquanto aprecio a paisagem.

"Caramba, como é que você descobriu isso aqui?" eu pergunto.

"Depois de duas semanas vindo aqui direto, acabei zanzando por lugares que você nem imagina que existem nesse hospital..." ela diz, enquanto arruma os cabelos de um jeito que me deixam quase hipnotizado.

Ficamos um tempo olhando a paisagem, mas depois de alguns segundos eu realmente não estou mais prestando atenção. O silêncio é aterrador: eu preciso dizer algo interessante, mas realmente não me ocorre nada. Absolutamente nada.

"Então, você acha esse prédio alto?" eu pergunto, quase sem acreditar na idiotice que acabo de dizer.

"O que?" ela diz, me olhando e quase rindo.

"Desculpe-me. Acho que eu não tinha nada inteligente para falar..."

"Ah, certo, entendi."

"Bom, então... Você mora em São Paulo há... sei lá, muito tempo?"

"Jonas..."

"O que foi?"

"Você não é muito bom nisso, não é?"

Não, definitivamente não. Se depender da minha conversa, certamente vou morrer solteiro. Além disso preciso de um desconto: é a primeira garota que não é parente próxima com a qual troco mais de duas frases completas. Tirando as meninas do jardim da infância, é claro. Tudo seria mais fácil se a Diana fosse uma garota normal; apenas uma garota daquelas que a gente acha bonita e nada mais. Quero dizer, eu acho que realmente *gosto* dela, então não quero estragar tudo dizendo a coisa errada. Veja a minha situação lamentável: minhas mãos estão suando e acho que vou ter uma parada cardíaca.

"Ah, n-não. Pelo menos eu acho...", balbucio, completamente sem jeito.

"A resposta à pergunta que você *realmente* está querendo me fazer é: ***não***", ela diz depois de meio minuto, enquanto me avalia com seus intensos olhos castanhos.

"Nã...?", minha voz falha.

Neste momento eu sinto como se uma lança de gelo acabasse de ser enterrada em minha barriga, provocando a pior sensação que já senti. Por um segundo ou dois experimentei o mesmo impacto de quando acordei naquela UTI sendo extubado pela primeira vez na vida. Parei de respirar, de pensar, de me mexer e até de piscar. Depois desses dois segundos, não dá para descrever o que se passou pela minha cabeça: precisaria de umas duzentas páginas para explicar. Sabe quando as pessoas dizem que viram a vida toda passar como num flash, no momento exatamente anterior a um acidente de carro ou coisa do tipo? Pois é, acho que foi exatamente isso o que aconteceu comigo.

Enquanto estou estupidificado nesses três ou quatro segundos – certamente os mais complexos da minha curta existência, Diana olha para mim, inclina um pouco a cabeça de lado e diz:

"Não, eu não tenho namorado."

"Uau... Isso é..."

Não consigo completar a frase porque, com um *timing* absurdamente trágico, sou privado desse momento patético e ao mesmo tempo mágico pela voz enfadonha e inexpressiva do tio Fester, parado como uma estátua de cemitério ao meu lado:

"Ah, então você está aqui! Que sorte eu ter dado uma paradinha para fumar um cigarro."

44

O trajeto de volta ao quarto é uma tortura. Queria poder ficar à sós com a Diana só mais uns minutos, agora que estávamos chegando finalmente à algum lugar. Queria poder dizer a ela como acho maravilhoso o fato dela não ter namorado. Queria... não... *quero* dizer a ela que eu adoraria me candidatar à função. Mas, como sou um bosta, morro de vergonha de falar alguma coisa na frente do tio Fester. A maldita timidez, essa pedra de cem quilos amarrada à minha perna, me impede.

Estamos na metade do caminho e eu estou tentando tomar coragem. Afinal de contas, do que é que eu tenho receio? Eu nem sequer conheço esse sujeito! E daí se ele ficar zoando com a minha cara pelo resto do dia? Pelo resto da semana? Dane-se. Jonas: é agora ou nunca. Estamos chegando quase à porta do quarto. Ela não vai entrar: certamente vai seguir direto para o quarto do Pedro e eu vou perder o bonde, como diz o meu pai. O tio Fester pede a ela para que dê uma ajuda com a porta. É a minha deixa.

"Hã, Diana... eu queria te dizer que...", não tenho tempo de terminar a frase porque sou interrompido por uma voz repulsiva e debochada:

"Olha aí, o lesado chegou", diz Caio Jr., confortavelmente instalado na poltrona em frente à cama. Sem saber bem como responder à ofensa sem me rebaixar ao nível dele e na frente da Diana e do tio Fester eu simplesmente respondo: "Ah, olá Caio".

Tio Fester tenta me ajudar mas antes que ele faça qualquer coisa eu me levanto rapidamente: não quero parecer fraco na frente do inimigo.

"Não vai me apresentar sua *amiguinha*?" ele fala ao mesmo tempo em que se levanta e dá dois passos em direção à Diana, que, por educação lhe estende a mão direita.

"Ah, oi. Meu nome é Diana, muito prazer."

"Bom saber que não perdi completamente a noite vindo até aqui" ele responde, segurando a mão da Diana por um tempo anormalmente grande. Ela fica visivelmente constrangida e, depois de alguns segundos, tem que fazer um certo esforço para puxar a mão de volta. Eu estou tão perplexo com a situação que não esboço reação alguma.

"Bom acho que já vou indo Jonas, depois a gente se fala."

"Diana..." eu digo, escapando por um momento do estado bestificado em que me encontrava e antes que ela saísse pelo corredor. "O-obrigado pelo passeio."

Ela abre um sorriso e desaparece na direção do quarto do Pedro. Nem meu cérebro nem meu corpo estão funcionando direito nesse momento. Estou feliz, nervoso, calmo e agitado. Apaixonado e preocupado. Relaxado e ansioso. Em resumo: estou em curto-circuito mental e emocional.

Caio vai em direção à porta mas seu movimento é interrompido pelo funk estridente do toque do celular dele. Tio Fester aproveita para arrumar alguma coisa no banheiro e, em seguida, pega a cadeira-de-rodas e desaparece enquanto Caio sai por uns instantes enquanto tenta falar alguma coisa no celular que, aparentemente não está com boa recepção de sinal. São quase 18h00. Será uma noite longa e constrangedora, então tenho que fazer esse tempo passar o mais rápido possível, evitando ao máximo o contato com minha desagradável companhia.

Ouço Caio falando qualquer coisa sobre onde fica a lanchonete com algum atendente no corredor. Suspiro aliviado ao perceber que ele, aparentemente, foi fazer um lanche – tomara que do outro lado do hospital. Logo em seguida chega o meu jantar que, mesmo sem apetite, como o mais rápido possível. Uns quarenta minutos depois ouço o mesmo funk vindo pelo corredor mas então, antes que ele entre no quarto, aproveito para ir tomar banho porque ainda estou com suor seco na pele, por causa das partidas de tênis da fisioterapia.

A porcaria da porta do banheiro não tem tranca. Acho que provavelmente é porque se algum paciente passar mal, os enfermeiros teriam acesso fácil, sei lá. Mas olhando ao redor, percebo que o porta toalhas tem uma haste cilíndrica de metal encaixada em dois suportes circulares presos à parede. Tento virar um sem muito sucesso, mas o outro desencaixa-se com facilidade, liberando a vareta de metal sólido. Enrolo a haste numa toalha, para ficar bem grossa. Coloco o conjunto todo enfiado entre a maçaneta e a porta, travando sua abertura e garantindo assim um pouco de privacidade.

Fico uns vinte minutos no chuveiro, aproveitando para relaxar e me recompor desse dia atípico – se é que eu tive algum dia realmente *típico* nas últimas duas semanas. Olho-me no espelho e fico pensando se a Diana teria percebido a enorme espinha inflamada que desponta como um chifre de unicórnio, um pouco acima da linha das sobrancelhas. Me lembro de ter lido em algum lugar que se usa antibióticos para tratar casos severos de acne. Não sei se acne é a mesma coisa que espinha, mas certamente estou tomando antibiótico para caramba. Pelo visto sem efeito nenhum. Ao menos nessa maldita espinha.

Enquanto olho para o meu rosto no espelho e faço uma careta para descontrair, um pensamento diferente me vem à mente. De repente me ocorre que talvez eu esteja sendo um pouco ridículo com essa história toda do Caio. Afinal moramos na mesma casa há quase três anos e não nos conhecemos realmente. Tivemos sim, péssimas experiências nos parcos e desagradáveis encontros quando os embates foram inevitáveis. Mas, me colocando um pouco no lugar dele, talvez não tenha sido fácil ter sua vida de filho único invadida pela presença de uma madrasta com seu filho pré-adolescente caindo de paraquedas no pedaço.

Eu nem mesmo tenho certeza absoluta de que tenha sido ele quem me enviou aquela merda de e-mail. E mesmo que fosse, pode ser que tenha sido uma atitude impensada da parte dele. Talvez esteja na hora de parar com essa história de gato-e-rato - afinal de contas o cara é praticamente um adulto que no ano que vem irá para a faculdade. Além disso, depois de ler tantas vezes o livro do general Sun-Tzu, eu provavelmente acabei ficando um pouco paranoico com relação a ele. Começo a ponderar sobre a possibilidade de mudar um pouco de atitude na convivência com o Caio.

Bom, de qualquer forma não posso ficar trancado no banheiro a noite toda. Desfaço cuidadosamente a tranca improvisada e coloco tudo como estava. Quando saio, vejo que ele trocou a poltrona de lugar, virando-a de frente para a janela. Está sentado lá, entretido com alguma coisa nas mãos.

"Oi Caio. Eu... eu realmente sinto muito por terem feito você vir até aqui numa sexta à noite. Eu disse à minha mãe que não era necessário, mas você sabe como ela é..." eu digo, levantando a bandeira branca da paz. "Espero que isso não tenha estragado nenhum compromisso importante."

Ele vira o tronco e depois a poltrona em minha direção. Sua expressão é dura e o olhar não é nada amistoso. Quando ele termina de se virar percebo que está com o sextante da Alice nas mãos. Eu olho para a cama atônito e vejo a caixa de madeira aberta e o pano de veludo vermelho no chão, entre a poltrona e a cama.

45

"Isso... não é... seu. Me dê o sextante, *agora*".

"Você está falando disso aqui, saco de vômito?" ele balança o mecanismo descuidadamente, de cabeça para baixo. "Quem te deu isto? Aquela sua amiga gostosa? Se você me der o telefone dela vou pensar se não jogo isso pela janela, o que você acha?". Eu não acredito no que estou vendo e ouvindo. E ele continua, com uma expressão de desdém: "Relaxa aí babaca: pode pegar ela primeiro. Afinal o seu tempo é muito mais curto que o meu...".

Existem momentos na vida em que até as pessoas mais pacíficas e covardes perdem a paciência. Momentos decisivos nos quais os princípios e a racionalidade vão para o espaço. Às vezes é apenas um segundo de impulsividade e que nos coloca no mesmo nível dos animais que simplesmente reagem por instinto. Não me lembro muito bem do que aconteceu naquela noite – só alguns flashes e o que outras pessoas me contaram depois.

Acho que o que aconteceu realmente foi que eu explodi. Todo aquele nó que me apertava o peito, feito de uma mistura de fibrose cística, raiva da vida, raiva da minha mãe e raiva do Caio, explodiu. E o Jonas bonzinho explodiu junto. Eu acho que eu morri e renasci naquela noite. E nenhum lugar era mais adequado para isso do que um quarto de hospital...

Só o que sei é que o Caio Jr. perdeu dois dentes da frente quando, depois de levar um soco no olho, foi dar de cara com a proteção de metal no final da cama. Me disseram que eu continuei esmurrando-o com toda a força quando dois enfermeiros tiveram que fazer um esforço enorme para me tirar de cima dele. No dia seguinte acordei num outro quarto, com a boca amarga e uma sensação horrível daquilo que provavelmente as pessoas chamam de ressaca. Meu pai estava ao meu lado quando acordei e me disse que tiveram que me sedar. Acho que, desta vez, eu não tinha apenas tropeçado na árvore de natal. Eu tinha destruído a árvore, metralhado o papai-noel, esfaqueado suas renas e afogado os anões no sangue delas.

Não sei como não me internaram na ala psiquiátrica. "Suponho que todos tenham direito a pelo menos um dia de fúria", meu pai falou mais tarde naquele dia. Dona Myriam não foi tão condescendente.

"Você se comportou como um menino de rua, como um marginal. Não foi assim que eu te eduquei" ela disse, entre muitas outras coisas, enquanto a minha cabeça latejava de dor. Depois de todo o discurso, eu só abri minha boca para dizer: "Mãe, eu não quero voltar mais para aquela casa. Se não tiver problema para você, nem para o meu pai, eu quero ir morar com ele".

Ela só me olhou longamente, como se não entendesse bem em que língua eu estava falando, e saiu do quarto sem dizer nenhuma palavra. Meu pai saiu atrás e pude ouvir algum tipo de discussão abafada e contida – não dava para distinguir o que eles diziam. Quando ele voltou algum tempo depois, conversamos.

"O Caio está bem, caso você esteja interessado. Só uns hematomas e os dentes quebrados."

"Hmm."

"Por que você nunca me disse que era infeliz lá, jo-jo?"

"Acho que é porque nem eu sabia que estava infeliz."

Ele me deu um abraço demorado e, depois, lanchamos e assistimos "O Poderoso Chefão". Ele disse que seria bom para a minha reintrodução à civilização. Eu não entendi bem o porquê disso, mas enfim... Quatro dias depois, deixei o Santa Clara e fui morar na minha nova casa.

46

Hoje é domingo e está fazendo uma manhã fria, típica nas mudanças bruscas de temperatura na cidade de São Paulo. Faz pouco mais de uma semana que sai do hospital e eu estou em meu novo quarto, que embora ainda pareça uma zona de guerra – está melhorando a olhos vistos. Ajudei a pintar as paredes e a montar a escrivaninha, a cama e, mais importante de tudo, a estante para colocar meus livros e filmes – alguns deles até já estão no lugar. É uma zona de guerra, mas muito aconchegante.

Tenho muito o que recuperar por causa das aulas perdidas na escola, mas hoje resolvi dar prioridade para colocar minha vida *on-line* em ordem. Meu pai teve que pegar o notebook dele de volta, então acabamos de instalar um desktop só para mim na escrivaninha nova. Faço todas as instalações e configurações chatas de computador novo e então começo a dar uma olhada nas centenas de atualizações do Facebook e alguns e-mails acumulados, começando pelo fim.

De: *"Facebook"*
<notification+6sstyxlu1ab@facebookmail.com>

Para: jonas@planetmail.net

Assunto: Nova mensagem de Gilberto Silva

E ai brother Jonas, tudo beleza? Pela foto, o banjo que o teu pai te deu é maneiro pra caramba. No sábado que vem eu e a trupe dos descabelados vamos fazer um sarau no vão do masp. Aparece por lá e vai ter sua primeira aula. Fofoca: o furdúncio que você aprontou no chatô já virou lenda: tem nego falando disso até hoje no Santa... Abração do Giba.

De: *"Facebook"*
<notification+4kcyxaxbb2xx@facebookmail.com>

Para: jonas@planetmail.net

Assunto: Nova mensagem de Diana Delmarre

Quer pegar um cinema hoje à tarde?

Eu realmente ainda não entendo muito bem como essas coisas funcionam. Quero dizer, as coisas da vida, sabe? Quando tudo parece que está se desafazendo em merda, de repente coisas maravilhosas acontecem. Olhando assim, em retrospectiva, essas quase três semanas viraram minha vida de cabeça para baixo mas, ponderando bem os resultados, parece que, no geral, as coisas mudaram para melhor. No mesmo dia em que me mudei para cá descobri que moro pertinho, pertinho da Diana. Aceitando o conselho da Alice, convidei-a para um encontro e deu tudo certo. DEU TUDO CERTO porque agora estou na vibe do *carpe diem*. Aprendi que não é muito saudável perder tempo com nhen-nhen-nhen.

A tela do Facebook agora convida: "Escrever uma resposta:".

De Jonas para Gilberto: *Eu e meu banjo estaremos lá, bro.*

De Jonas para Diana: *Passo aí depois do almoço. Fala pro Pedro que o programa é para dois, hein!*

Enquanto olho para a tigela de sucrilhos do café da manhã, me lembro que tenho mais um assunto pendente para resolver.

Aperto o botão de *enviar* e desligo e computador. Retiro cuidadosamente da caixa o sextante que a Alice me deu. Coloco-o num lugar de honra, bem no meio da estante, com os meus livros do Isaac Asimov à esquerda e alguns filmes clássicos da ficção científica à direita. Paro uns segundos para refletir sobre a mensagem que está entalhada embaixo da base de madeira. É, eu concordo plenamente com o que está escrito. Agora vou acordar o meu pai. Este vai ser um domingo fantástico.

Agradecimentos

Este livro não teria sido escrito sem as valiosas contribuições dos doutores Isaac Gil e Adriana Graziano, que me auxiliaram com descrições precisas a respeito das rotinas de um hospital, bem como das características da fibrose cística e dos procedimentos clínicos e rotinas com pacientes portadores dessa terrível doença. Também foram fundamentais as sugestões dos primeiros leitores, parceiros de sempre, Lilian Graziano, Lucas Graziano, Manuel Nunes, Maurício Carneluti, Cláudia Ribeiro, Simone Andreta e Rodolfo Argueles. "Jonas" teve a inspiração explícita e direta de dois autores que admiro profundamente: Nick Hornby e Wolfgang Herrndorf (que nos deixou cedo demais) e que sabem falar à alma juvenil como poucos, principalmente em "Slam" e "Tchick", respectivamente.

Sobre o Autor

Fabio Appolinário nasceu em São Paulo em 1965. Psicólogo, geek, fã da maioria dos filmes e séries que começam com "Star...", e autores como Tolkien, Asimov, Clarke, Bradbury e, claro, Michael Chabon.

Sempre amou a ficção científica, assim como qualquer livro com histórias bem contadas. Profundamente interessado em filosofia e mitologia comparada, é admirador confesso dos trabalhos de Joseph Campbell e suas intersecções com a psicologia, principalmente a psicologia analítica de Carl G. Jung. É autor de livros de não-ficção na área de metodologia científica e negócios, além de tradutor de obras na área de psicologia. Esta é a sua primeira incursão no segmento literário.

Twitter: @appolifab

Deixe o seu comentário:

www.facebook.com/jonasvento